KB017252

낚 ; 詩
물속에서 건진 말들

낚;詩

물속에서
건진 말들

글 | 이병철

북레시피

머리말

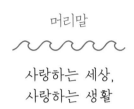

사랑하는 세상,
사랑하는 생활

어제와 다를 것 없는 오늘, 삶을 계량하는 숫자들을 들여다 보면 마음에도 근시와 난시가 생기고, 불안한 잠 속에서 환청 과 이명이 들린다. 내 생에 민원을 넣고 싶다. 눈과 귀도 쉬어 야 한다고, 암기 과목처럼 들러붙은 처세의 언어와 폭탄주에 지친 입에도 휴식이 필요하다고. 얼른 낚싯대를 챙겨 강으로, 바다로 간다.

낚시를 할 때면 나는 도시의 삶에서 잃어버린 '경이'를 되찾 는다. 늘 반복되는 일상, 풍경, 사람, 공간을 벗어나 자연과 마주하면 모든 게 다 신기하다. 우리 삶은 너무 뻔하다. 일상 이라는 것은 대개 예측이 가능하고, 거기엔 우연이나 미지의 영역이 거의 없다.

그런데 낚시는, 내가 물고기를 잡을 수 있을지 없을지 전혀 알지 못한 채 몰두하는 무모한 행위다. 저 물속에 무엇이 있 는지, 어떤 세계가 있는지 모르면서 강과 종일 마주보고, 바 다와 대화하는 짓이다. 무엇도 장담할 수 없는 불확실성과 우연성이 낚시의 매력이다.

낚싯줄에 전해져 오는 물의 흐름, 물속 지형을 손끝으로 느끼면서 보이지 않는 강물 속을, 바다 속을 상상한다. 현실은 빈곤하나 상상은 풍요로운 법이라서 육안 대신 마음의 눈을 통해 바라보는 물속 풍경은 한없이 아름답다. 그러다 단 한 마리의 물고기, 그렇다. 단 한 마리다. 그 한 마리 물고기를 만날 때의 희열은 달에 처음 발을 디딘 암스트롱이 느꼈을 감격 못지않을 것이다. 달에 가본 적은 없지만 장담할 수 있다.

'한 생애가 온다' 이렇게 표현할 수 있을 것이다. 정현종 시인의 「방문객」을 패러디하자면, "물고기가 온다는 건 실은 어마어마한 일이다. 그는 그의 부화와 산란과 그리고 그의 죽음과 함께 오기 때문이다. 강물과 별과 햇빛과 함께 오기 때문이다. 한 자연의 일생이 오기 때문이다"라고. 낚시는 단순히 물고기를 잡기만 하는 행위가 아니라 물고기라는 한 방문객과의 교감, 그의 생애를 이루는 자연 전체와의 교감이다.

낚시를 하면 복잡한 삶이 단순해지고 풍요로워진다. 좋아하는 일과 해야 하는 일이 서로 균형을 맞추면서 삶 전체를 발전시켜나간다. 원고 마감에 쫓길 때는 '빨리 원고 완성해서 낚시 가야지' 하는 생각이 마감의 동력이 되고, 낚시를 하다 보면 일상으로 복귀해야 할 부담감을 느낀다. 그렇게 낚시가 삶을 이끌고 간다. 낚시를 위해 열심히 살고, 낚시를 하다 보면 또 삶이 절박해지는 것이다.

언제나 삶은 비좁고 문제는 커 보인다. 한 평짜리 생활에 갇혀 어디로 눈을 돌려도 '나'밖에 안 보인다. 불안의 명세서가 매일 배달되는 일상 속에서 숨을 쉴수록 답답하다. 들숨에 차고 맑은 하늘을 목구멍으로 넘겨 가슴 시원하고 싶을 때, 지루하고 협소한 생활을 탈출하고 싶을 때, 나는 배를 타고 아침 바다를 달려 나가거나 갯바위에서 수평선이 띄워 올리는 일출을 감상한다. 홀로 안개 자욱한 새벽강에 몸을 담근 채 새소리, 물소리, 대숲을 흔드는 바람 소리 들으면 소리들이 내 몸으로 들어와 나도 강물이 된다. 그때, 아름답다는 말보다, 황홀하다는 말보다 나는 그저 행복하다.

낚시는 내가 사랑하는 세상이며 내가 사랑하는 생활이다. 낚시보다 더 좋은 것은 없다.

그러므로 이 책은, 강물에 몸을 담근 한 사내가 세상을 사랑한 기록이자 미처 다 하지 못한 고백이다.

나를 낚시라는 세상에 낳아준 위대한 낚시꾼, 존경하는 아버지께 이 책을 바친다.

함께 강과 바다와 저수지와 계곡에서 낚시한 여러 낚시 스승들, 친구들이 재밌게 읽어준다면 좋을 것이다.

떠난 그녀에게는 풍문으로라도 이 책이 전해지지 않았으면, 한다.

2부

하늘과 바람과 별과
낚시

1부

낚시,
사랑을 놓치다

빨리 잊고 낚시에 집중하면 또 잡을 수 있는데,
놓친 물고기만 생각하다 결국 낚시를 망친다.
인생도 마찬가지다. 어제 내 것이 될 뻔했던
행운을 계속 아쉬워하는 동안 지금 나에게
다가오는 기회마저 놓쳐버리고, 결국 빈손이
되어 쓸쓸한 내일을 맞는다. 놓친 것들에 대한
미련을 버리지 못해서 내 살림망과 주머니와
옆구리는 늘 비어 있다.

1

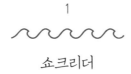

쇼크리더

쇼크리더[1]를 다 매놓고 원줄을 끊었다.

자투리 줄을 잘라낸다는 것을 실수했다. 빨간 선 대신 파란
선 잘못 끊어 터져버린 시한폭탄처럼 내 속도 터졌다. 다 끓
인 라면 들고 오다 냄비째 엎어버리는 것과 같다고나 할까.
낚시하다 보면 한 번쯤 겪는 일인데 정말 허탈하다.

원줄[2]에 가해지는 장력을 분산시켜 채비 손실을 방지하기 위
해 매는 줄이다. 물고기의 습성과 수심에 따라 미세하게 달
라지는 입질을 받아내려는 목적도 있다. 튼튼하게 매려면 과
정이 복잡하다. 원줄과 목줄[3]을 교차시키면서 꽈배기 형태로
꼬아가야 한다. 양손은 물론이고 입까지 동원된다. 추운 겨울

—

1. 낚싯줄에 가해지는 장력을 분산시켜 채비 손실을 방지하기 위해 덧매는 줄
2. 릴이나 낚싯대에 원래 매어져 있는 줄
3. 원줄에 덧대어 매는 줄

날이나 바람 세게 부는 날, 또는 해질 무렵 날벌레들이 얼굴로 달려들 때는 줄 하나 매다가 화병을 얻을 수도 있다. 어린 시절, 온 신경을 집중해도 자꾸 어긋나던 프라모델 조립처럼, 성질나서 집어던져버리고 싶을 때가 한두 번이 아니다.

정성을 다해 어렵게 맨 쇼크리더가 한 번의 실수로 허무하게 끊어져나가는 것을 보면서 나는 헤어진 연인을 생각했다.

"우리는 각자 다른 곳에서 뻗어 온 두 줄이었어. 서로를 향해 나아가다가 때로는 원래의 자리로 돌아가면서, 바람 불고 비 내리고 폭설이 쏟아지던 시절에도 날줄과 씨줄로 교차되며 튼튼한 매듭이 되어갔지. 마침내 결코 끊어지지 않을 만큼 단단히 묶었다고 믿게 되었을 때, 내 실수로 우리의 매듭은 끊어져버렸고, 나는 당신을 영영 놓치고 말았네."

아흔아홉 번 성실해도 한 번 실수하면 모든 걸 잃는다. 아흔아홉 번의 최선이 아예 없던 것으로 흩어져버리던 그 여름의 강가에서, 나는 다시 쇼크리더를 맨다.

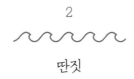

2

딴짓

밥 먹는 것도 잊고 찌만 본다. 물살에 흔들리는 찌톱으로 잠자리가 내려앉는다. 물결 따라 구름도 산도 태양도 끊임없이 눈으로 흘러드는 오후, 하품이 나지만 눈을 뗄 수 없다. 내가 안 볼 때 찌가 올라올 것 같은 불길한 예감 때문에.

종일 낚시해도 잔입질조차 받지 못하는 날, 정지화면처럼 멈춘 찌를 '전봇대'나 '말뚝'으로 부르는 심정은 참담하다. 물주름이 홀로그램 같은 착시를 일으켜 눈이 아플 지경이다. 박두진의 시 「해」를 "찌야 솟아라 찌야 솟아라"로 바꿔 간절히 불러도 찌는 올라오지 않는다.

어차피 입질도 없는데 캔맥주나 마시자며 잠깐 등 돌린 순간, 70센티미터 장찌가 쭈욱 올라온다. 서둘러 챔질[1]한 손에 느껴지는 허공의 무게, 바늘 끝에 구름이 걸려 있다. 허탕이다.

—

1. 입질이 왔을 때 물고기 입에 바늘이 박히도록 낚싯대를 힘껏 채는 행위

집중하고 있을 땐 미동조차 없다가 잠깐 딴짓하면 그때 찌가 올라온다. 그래서 일부러 딴짓을 한다. 물 밖에서 내가 무얼 하는지 물고기가 다 알까봐 최대한 자연스럽게 '딴짓'을 연출 한다. 뒤돌아서 허밍으로 노래를 부르거나, 소변보는 척 일 부러 일어난다. 그러면 물고기는 또 이상한 낌새를 귀신같이 알아차리고 입을 닫는다.

딴짓을 할 때 찌가 올라오는 것이 아니라 마음을 비우고 주 변을 돌아볼 때 올라온다. 계속 붙잡고 들여다봤자 문제는 해결되지 않는다. 시도 마찬가지, 쓰려고 하면 안 써진다. 불 안과 강박을 마음 바깥으로 잠시 밀어둘 때, 원두를 갈아 커 피를 내리거나 창문을 열고 빗소리를 음악처럼 들을 때, 불 현듯 시가 온다.

휴대폰을 손에 쥐고 종일 기다려도 그녀의 연락은 오지 않는 다. 망치로도 쓸 수 없는 그 기계를 저쪽으로 치워두고, 초조 한 기다림에 메말라버린 일상을 다시 돌볼 때

온다. 그 기쁨의 진동, 짜릿한 손맛.

3

~~~~~~

흔들리지 않는
편안함

이십대의 마지막 겨울, 포항 양포 방파제에서 내 생애 첫 볼락을 만났다.

루어낚시[1]에 서툴지만 열정만큼은 뜨겁던 그때, 강에서 꺽지 잡던 낚싯대를 챙겨 포항으로 달려갔다. 그 동네에서는 감성돔과도 바꾸지 않는다는 귀한 물고기, 산지에서 다 소비가 되어 서울에서 쉽게 맛볼 수 없는 겨울바다의 진객 볼락을 꼭 잡아보고 싶었다.

인터넷으로 대충 공부하고 현지 낚시점에 가 조언을 좀 구하면 되겠다고 생각했다. 인터넷에 올라온 조행기들을 훑어보니 아이스박스 한가득 볼락을 잡아낸 사진들이 눈에 띄었다. '까짓 거 뭐 어렵지 않겠는데' 자신감이 마구 솟았다.

야광 지그헤드[2]와 볼락용 웜[3], 싸구려 집어등[4]을 사서는 방파제에 올랐다. 테트라포드[5]를 넘어 다니다가 좋아 보이는 자리에 서서 낚시를 시작했다. 겨울바다의 칼바람은 매섭고, 파도가 발밑을 때릴 때마다 움찔했다. 금방 잡힐 것 같던 볼락은 좀처럼 루어를 물지 않았다.

한 발 더 앞에서 던지면 왠지 볼락이 잡힐 것만 같은 예감, 물과 가까운 테트라포드에 발을 디뎠다. 해조류와 이끼에 덮여 몹시 미끄러웠다. 중심 잡기가 쉽지 않았지만 오로지 볼락을 낚겠다는 생각뿐이었다.

그리고 마침내 한 마리를 잡아냈다. 생애 최초의 볼락이었다. 너무 기쁜 나머지 이리 들고 저리 들며 사진을 찍었다. 그러다 손에서 놓쳤다. 그걸 잡겠다고 급히 몸을 움직인 순간, 발이 미끄러져 차가운 겨울바다에 빠지고 말았다. 하반신이 잠긴 채 두 팔로 테트라포드를 붙잡았다. 천만다행이었다. 황급히 기어 올라와 가슴을 쓸어내렸다.

내가 서 있는 자리가 위태로운데 위태로운지 모르고, 겨우 버티고 서 있으면서 단단히 지탱하고 있는 줄 착각하던 시절에 그녀를 만났다. 계속 흔들리며 중심도 못 잡으면서 아찔한 곡예처럼 하루하루 줄타기하던 날들, 연애의 기쁨에 취해

---

1. 살아있는 미끼 대신 인조 미끼를 가지고 물고기를 현혹하는 낚시 방법
2. 납봉돌과 바늘이 결합된 형태의 낚시 도구
3. 살아있는 벌레의 모습을 연출하는 인조 고무 미끼
4. 불빛으로 작은 물고기들을 모으는 등기구
5. 방파제를 이루는 콘크리트 구조물

내 불안한 현실과, 서른 넘은 나이와, 열등감으로 금방 미끄러지는 우울을 눈치채지 못했다.

발 디딘 자리가 불안하면 그 어떤 것도 붙잡을 수 없다. 나도 제대로 서 있지 못한 곳에 당신이라는 한 생애를 초대할 수 없다.

결국 그녀는 늘 비틀거리고 아슬아슬한 낭떠러지를 떠나 '흔들리지 않는 편안함'으로 가버렸다.

이제 나는 볼락을 제법 잘 잡는다. 절대 미끄러지지 않는 곳에 두 다리를 안전하게 고정하고 여유 있게 수십 마리씩 잡아내는 사람이 됐다.

그러나 그녀는 돌아오지 않는다.

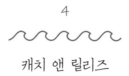

4

캐치 앤 릴리즈

물고기를 잡았다가 다시 놓아주는 것을 '캐치 앤 릴리즈 catch and release'라고 한다.

잡는 재미만으로 충분하거나, 살려서 집에 가져가봤자 잘 먹을 줄도 모르고 비린내 때문에 가족들에게 구박받는 이들이 오래전부터 실천해왔다. 요즘은 어자원 보호를 위해 손맛만 보고 물고기는 돌려보내자는 캠페인이 널리 퍼져 많은 낚시인들이 동참하는 추세다.

어디까지나 선택의 문제이므로 누가 강요할 수 없다. 맛이 좋기로 알려져 있어 불법 밧데리꾼과 작살꾼들에게 남획되는 쏘가리는 개체수도 워낙 적고, 낚시로 잡기가 만만찮은 물고기다. 그래서 인터넷 동호회에 어떤 사람이 쏘가리 잡은 사진 한 장 올리면 축하와 함께 온갖 질문들이 쇄도한다. 거기에는 잡은 쏘가리를 다시 놔주었는지 아니면 집에 가져가 회 뜨고 매운탕 끓여 먹었는지 궁금해하는 내용들도 있다.

힘들게 잡은 쏘가리를 가족들과 맛있게 요리해 먹는 걸 두고 손가락질할 수는 없다. 그건 멋진 일이다. 다만 몸길이가 채 한 뼘도 되지 않는 어린 쏘가리까지 마구잡이로 잡아 주렁주렁 꿰미[1]에 꿰는 게 문제다. 쏘가리뿐만 아니라 다른 모든 어종에도 적용되는 이야기다. 생태계를 교란시키는 유해어종을 제외하고, 법으로 포획 금지 크기가 정해져 있는 어린 물고기들은 제발 좀 놓아줬으면 한다.

어린 물고기들까지 꿰미에 꿰고는 바나나다발처럼 들고 자랑하는 꼴을 보고 있으면 몹시 씁쓸하다. 잔인한 짓이다.

잔인한 짓, 그렇다. 내가 그랬다. 물고기에게는 관대하면서 당신에게는……

"나는 당신에게서 커다란 행복과 마구 뛰어오르는 환희들, 빛나는 순간들을 붙잡아 내 마음에 넣어두었지. 처음에는 크고 아름다운 기쁨들만 챙겨왔는데, 시간이 갈수록 나는 당신의 사소한 실수와 잘못들, 잠깐 고개를 갸웃거리게 하는 다름들, 작은 서운함과 별것 아닌 다툼들, 조금 엎질러진 말들, 찰나의 찡그린 표정들까지 전부 마음에 담아두는 감정의 사냥꾼이 되어버렸어.

—
1. 물고기의 턱을 꿰어 물속에 산 채로 보관할 수 있게 하는 클립형 도구

그런 것들은 좀 놓아줄걸 그랬나 봐. 어느 날 당신의 마음은 모두 메말라 더 이상 내가 아무것도 만질 수 없는, 내 쪽으로 무엇 하나 옮겨올 수 없는 폐허가 되어버렸으니까.

며칠을 울고 울어도 내 눈물은 당신의 마음을 다시 흐르게 할 수 없었지. 당신은 그렇게 사막이 되었고, 우리는 함께 영영 시들어버렸어."

사랑에도 캐치 앤 릴리즈가 필요하다.

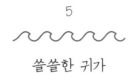

5

쓸쓸한 귀가

낚시 마치고 집으로 돌아가는 길은 언제나 쓸쓸하다. 대개 해 저물 무렵이나 늦은 밤인 경우가 많은데 불빛도 드문 지방도로를 달리며 창밖의 빈 들판을 바라보면 세상에 혼자 남겨진 기분이 든다. 사람 음성이 나오는 라디오 주파수 찾기란 새벽에 문 연 약국을 찾아 헤매는 일만큼 어렵다.

그나마 조과가 좀 있으면 덜하다. 서울에 도착하면 친구들을 불러 잡은 물고기 요리를 안주 삼아 술 마셔야지, 이런 기대마저 없다면 정말 허전하다. 차 안으로 볏짚 태우는 냄새, 퇴비 냄새가 스며들면 마음의 코도 함께 심란해진다.

텅 빈 아이스박스를 생각하니 내 마음도 텅 빈다. 화가 난다, 화가 나. 무엇하러 내가 왕복 6백 킬로미터를 달린 걸까, 드라이브치고는 너무 과한데, 기름 값과 고속도로 통행료와 숙박비와 밥값을 합치면 다금바리도 사 먹고 남지, 도대체 이 짓은 왜 하는 걸까? 분노는 이내 슬픔으로 바뀐다.

아이스박스 가득 물고기를 채우고 집으로 향하는 길은 환희롭다. 이 사람 저 사람 다 불러다 우쭐대고 싶다. 옆자리에 동행이 있으면 서울에 도착할 때까지 낚시 예찬하느라 입이 아프다. 하지만 꽝치고 갈 때는 죄인, 패배자, 못난이, 바보, 천치, 거짓말쟁이, 허풍선이, 잉여인간이 된다.

사람은 쓸쓸해질 때 사람을 그리워한다. 파란 어둠 사이로 가로등 불빛이 하나 둘 켜지기 시작하면 불빛마다 떠오르는 얼굴들이 있다. 가족들, 오래 연락하지 못한 벗들, 떠나간 애인…… 눈에도 와이퍼가 있으면 좋겠는데, 비에 젖은 차 유리처럼 시야가 흐려진다.

실패해야 소중한 것들을 생각한다. 초라한 처지가 되었을 때 비로소 사랑하는 이들의 음성이 귓가에 들린다. 풍성한 조과의 기쁨에 취해 술친구들과 진탕 퍼 마시는 동안 부모님은 늙고, 동생은 엄마가 되고, 그녀는 떠났다.

나는 더 많이 실패하고 더 비참하게 초라해져야 한다.

그래도, 꽝은 싫다.

6

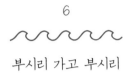

부시리 가고 부시리

서울에서 목포까지 네 시간, 다시 목포여객선터미널에서 배를 타고 다섯 시간을 가면 가거도에 닿는다. 가히 사람이 살만한 섬이라고 해서 가거도可居島인데, 사람보다 물고기가 훨씬 많이 산다. 그 황금어장에서 이른 여름휴가를 보냈다.

엔젤호를 타고 우럭과 광어, 참돔, 쏨뱅이 손맛을 보고, 갯바위에서 굵은 농어를 잡았다. 밤낚시로 통통한 볼락 수십 마리를 낚기도 했다. 나는 루어낚시를 했지만, 찌낚시한 일행들이 낚은 돌돔을 회로 먹는 즐거움도 누렸다.

금방이라도 비가 쏟아질 것 같은 오후, 멀리까지 나가는 대신 근해에서 선상 타이라바[1] 낚시를 하기로 했다. 포인트에 도착해 박현우 선장이 가이드해주는 대로 채비를 내렸다.

타이라바로 바닥을 찍은 후 살짝 띄워 액션을 줘도 반응이 없어 채비를 회수하려는데 중층에서 퍽 하는 입질, 제대로 물었다. 낚싯대가 활처럼 휘어지고 팽팽하게 당겨진 줄에서 휘파람 소리가 났다. 그 엄청난 힘은 부시리가 틀림없었다.

드랙[2]을 조이며 힘겹게 릴을 몇 바퀴 감으면 녀석은 금세 드랙을 차고 나가 나를 허탈하게 했다. 폭발적인 힘에 쩔쩔 매는 동안 팔은 저리고 손이 아파왔다. 낚싯대를 받친 아랫배에 멍이 드는 것 같았다.

5분이 지나도, 10분이 지나도 모습을 드러내지 않았다. 젖 먹던 힘까지 다해 좀 더 강하게 낚싯대를 당기는 순간, 팅— 초릿대[3]가 하늘로 솟았다.

놓쳤다.

"온 힘을 다해 겨루던 상대가 사라졌다. 내가 쏟아부은 힘도 함께 소멸되었다. 내가 당기면 버티던 당신은 이제 없다. 당겨도 당겨도 허공뿐이다. 온 마음과 정성을, 내 간절한 모든 눈빛을 다 가져간 사람."

허탈함도 잠시, 다시 낚싯대가 휘어졌다. 당장이라도 끊어질 듯한 낚싯줄이 소프라노 소리로 울었다. 놓친 게 아니었나? 아

—

1. 도미를 뜻하는 일본어 '다이[鯛]'와 고무 인조 미끼의 일종인 '러버 지그 rubber jig'의 합성어
2. 낚시 릴에서 줄이 풀려나가는 속도와 장력을 조절하는 밸브 브레이크
3. 낚싯대의 가장 가느다란 맨 끝부분

니, 분명히 놓쳤다. 다른 녀석이다. 또 다른 부시리가 물었다.

한 녀석이 먹이를 쫓아 헤엄치면 다른 녀석들이 따라붙는 부시리의 습성 덕분이다. 타이라바를 물고 버티던 녀석이 주둥이에서 바늘을 털며 루어를 뱉어내자 내내 침 흘리며 뒤따라오던 다른 부시리가 그걸 덥석 문 것이었다.

또 몇 분 동안의 힘겨루기 끝에 마침내 배 위로 녀석을 끌어올렸다. 미터급 부시리였다. 앞뒤 가리지 않는 맹목적 욕망의 결과는 파멸이다. 결국 녀석은 대가리부터 꼬리까지 해체되어 고소한 뱃살 회 한 접시로 저녁상에 올려졌다.

남의 것을 탐하는 눈먼 열정과 욕망에의 질주는 스스로를 파괴한다는 사실을 선홍빛 부시리회가 내게 말해줬다. 간신히 목숨을 건진 '탈주자' 부시리는 온 힘을 다해 버티고 버티다 보면 절망과 비극에서 벗어날 수도 있다는 것을 깨달았겠지.

그리고

최선을 다해 누군가를 사랑하면, 그 사랑을 비록 놓치더라도, 사랑의 근육들이 마음 곳곳에 박혀서, 성실한 사랑의 습관이 생겨서, 다른 사랑이 다가올 때, 그땐 결코 실패하지 않으리라는 것을

나는 믿기로 했다.

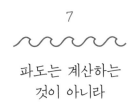

7

파도는 계산하는
것이 아니라

"바람은 계산하는 것이 아니라 극복하는 것이다"라는 영화 대사가 있다. 바람 부는 날엔 파도도 높이 친다. 나는 "파도는 계산하는 것이 아니라 피하는 것이다"로 고쳐 쓴다.

격포여객선터미널에서 배를 타고 50분, '고슴도치 섬' 부안 위도에 도착했다. 섬의 남서쪽 석금방파제 근처 갯바위에서 낚시를 하기로 했다. 무거운 짐을 들고 산길을 힘겹게 오르 내려 갯바위 포인트에 진입했다. 바람 세고 파도가 높아 걱정 스러웠지만 '이런 날 농어가 잘 잡힌다'며 스스로를 설득하고, 나보다 더 겁에 질려 있는 친구를 설득했다.

일단 밥부터 먹자며 버너불에 라면 냄비를 올렸다. 바람이 세서 좀처럼 물이 끓지 않았다. 바람을 막아줄 만한 바위 쪽 으로 자리를 옮겼다. 큰 파도가 치면 물이 몇 방울 튀는 게 전 부였다. 친구는 불안해했지만, 몇 번이고 파도가 바위를 넘어 오지 못하는 것을 보고 나는 파도에 대한 계산을 이미 끝냈다. 마치 복서가 상대와의 리치 차이를 파악해 자신은 맞지 않으면서 상대를 때릴 수 있는 위치에 서는 것처럼 말이다.

버너 앞에 쪼그려 앉아 라면을 한 젓가락 집었다. 몇 방울이 아니라 한 컵 물을 끼얹는 정도로 파도가 잽을 날렸다. "괜찮아, 걱정 말라고. 갯바위에서 먹는 라면이 세상에서 제일 맛있어." 이번엔 파도가 바가지급 펀치를 날렸다. "이것 봐. 제일 센 게 이 정도라니까. 간조 시간이라 물이 빠지고 있으니 별일 없을 거야."

고개를 숙이고 라면을 후후 불어 한 입 크게 빨아들이는 순간, 물벼락이 쏟아졌다. 높은 너울파도가 갯바위를 때렸고 우리는 순식간에 물에 빠진 생쥐 꼴이 됐다. 파도에 온몸을 두드려 맞아 양말이고 팬티까지 다 젖었다. 라면 냄비는 엎어지고, 물먹은 버너는 다시 켜지지도 않았다. 친구로부터 온갖 원망과 비난의 말을 들어야 했다.

파도를 만만히 봤다. 잘못 계산했다. 파도는 계산하는 것이 아니라 피하는 것이다. 잠잠해질 때까지 바다의 시야에서 잠시 사라져야 하는 것이다. 가만히 지켜보며 달래야 하는 것이다.

"마음도 파도와 같겠지요. 떠나간 애인이여. 당신의 마음에 바람 불고 비 내리고 풍랑 일던 날, 나는 금방 잠잠해질 거라 생각했어요. 어떤 실망과 분노도 우리의 견고한 집을 무너뜨릴 수 없을 것만 같았죠. 당신 슬픔의 파고를 전혀 모르면서 나는, 내게 와 온몸으로 부딪는 당신의 말을 귀담아 듣지 않았습니다. 늘 그만큼씩 화내고 서운해했으니까요. 늘 그만큼씩 다투다가도 우리는 이내 괜찮아졌으니까요. 나는 당신의 차가운 물살이 내일이면 지나갈 줄 알았습니다.

그런데 내가 잘못 생각했어요. 나는 당신을 잘못 계산했습니다. 당신 마음의 파도를 내 무심함과 괜한 자존심이 해일로 만들었어요. 우리는 걷잡을 수 없이 무너져 내렸습니다. 파도는 모든 것을 집어삼켰지요. 마침내 파도가 지나갔을 때, 해변엔 나 홀로 남았습니다. 액자와 선물들이 바닥에 뒹굴고, 사진은 찢어졌어요. 당신이 떠나간 폐허 위에서, 비로소 잔잔해진 바다를 바라보며 나는, 우리가 세운 집이 한낱 여름날의 모래성에 불과했다는 것을 알았습니다.

사랑했던 사람이여, 부디 따뜻하고 아늑한 포구로 흘러가기를 바랍니다.”

8

첫

낚시를 좋아하기만 하지 소질은 별로 없어서 '첫' 물고기 잡기까지 그동안 많은 고생을 했다. 몹시 힘들었던 나의 '첫'은 쏘가리, 농어, 광어, 우럭, 볼락, 감성돔 등이고, 운 좋게도 한 번 시도에 쉽게 성공했던 대상어는 꺽지, 무늬오징어, 배스, 대구, 참돔, 벵에돔 등이다.

가장 애먹인 물고기는 단연 쏘가리다. 그래서 첫 쏘가리를 잡았을 때 미친놈처럼 환호작약했다. 홍천, 인제, 옥천, 금산, 영동, 곡성에서 줄줄이 여덟 번 연속 꽝을 쳤다. 하루 종일 갈대숲과 찔레꽃덤불을 지나 진흙 펄에 다리가 푹푹 빠지기도 하면서 강에 들어가 루어를 던지고 또 던지고, 그러다 수초, 고무장갑, 마대자루, 고사목, 비닐봉지, 콘돔 따위나 낚아내면서 절망했다. 지금 돌아보니 조악한 장비와 형편없는 실력을 가지고 포인트 아닌 곳만 골라 다녔다. 다른 사람 도움 안 받고 혼자 힘으로 해내겠다는 똥고집 때문에 갖다 버린 기름값만 수십만 원, 몸과 마음은 갈수록 피폐해졌다.

아홉 번째 다시 찾은 곡성 섬진강에서 마침내 첫 쏘가리를 잡았다. 그리 크지 않은 20센티미터 정도의 귀여운 쏘가리였지만, 너무도 감격스러워 울 뻔했다. 그동안 고생한 기억들이 떠오르자 코끝이 찡했다. 올림픽 금메달이라도 딴 기분에 사로잡혔다.

이렇게 봐도 예쁘고, 저렇게 봐도 예뻤다. 이리 들고 사진 찍고, 저리 들고 사진 찍고, 여기저기 전화해 우렁찬 목소리로 자랑했다. 나도 이제 쏘가리 낚시꾼이 됐다는 우쭐함에 어깨가 들썩였다. 벌써 몇 년 전 일이다.

경험과 요령이 쌓이면서 이제는 꽝치는 일이 거의 없다. 가면 어떻게든 한두 마리 쏘가리는 꼭 만나고 온다. 운 좋을 때는 몇 시간 만에 열댓 마리쯤 어렵지 않게 잡아내기도 한다. 그런데, 예전만큼 기쁘지 않다. 익숙해지는 게 문제다.

익숙해진다는 것은 '첫'에서부터 멀어짐을 뜻한다. 쏘가리 여러 마리 잡다가 크기가 성에 안 차는 작은 녀석이 섞여 나오면 한숨을 쉬고 짜증낸다. 그 한 마리 잡기 위해 악마에게 영혼도 팔 수 있던 간절함은 어디로 갔을까.

첫 만남, 첫 데이트, 첫 고백, 첫 손잡음, 첫 키스, 첫 여행……키스도 여행도 그저 그렇게, 당연하고 뻔한 일상이 되었다. 내일 또 볼 텐데 뭐, 다음에 잘하면 되지…… 그게 마지막 데이트, 마지막 손, 마지막 키스, 마지막 여행, 마지막 눈빛이 될

줄 모르면서.

첫 순간이 담긴 사진들을 보다가, 당신이 선물해준 내 첫 쏘가리 낚싯대를 꺼내본다. 처음 쏘가리를 잡았던 그 여름날, 수화기 너머 들리던 당신의 기뻐하는 음성이 지금 내 귓가에 하얀 음소거로 먹먹하다.

'첫'을 잊으면서 우리는 아예 서로 몰랐던 '첫' 이전의 처음으로 돌아가고

강물처럼, 흘러간다.

9

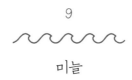

미늘

낚싯바늘은 무엇이든 다 잡는다. 내가 고기를 못 잡을 뿐이다. 낚싯바늘은 어디에나 걸린다. 내가 고기를 못 걸 뿐이다.

낚시하다 물고기는 못 잡고 나를 잡을 때가 있다. 같이 낚시하던 친구를 잡기도 한다. 낚싯바늘이 모자에 걸리고, 장갑에 걸리고, 바지에 걸리고, 등 뒤에 걸리고, 바지지퍼에 걸리고, 손가락에 걸리고, 코에 걸린다. 어릴 적에 아버지가 민장대[1] 스윙낚시[2]하다 뒤에서 지켜보던 구경꾼 코를 걸어 치료비 물어준 소동을 기억한다.

낚시가방을 잡고, 뜰채를 잡고, 살림망을 잡고, 수상좌대 지붕을 잡고, 버드나무 우듬지를 잡을 때마다 낚시는 망치고 성질머리만 더러워진다. 아무리 빼려고 해도 좀처럼 빠지지 않

---

1. 릴을 장착하지 않는 긴 낚싯대
2. 낚싯대를 공중에서 반원을 그리도록 던져 물고기를 잡는 낚시

으니 부아가 치민다. 낚싯바늘은 한번 물면 놓지 않는다는 사
냥개 핏불보다 더 지독한 이빨을 지녔다. 바늘이 살에 박혀
응급수술 받은 낚시꾼들을 몇 명 알고 있다.

그 지독한 이빨을 미늘이라고 부른다. 낚싯바늘 안쪽에 뾰족
하게 튀어나온 갈고리다. 미늘로 인해 이중바늘이 되어 고기
가 물면 좀처럼 입에서 빠지지 않는다. 미늘이 없는 바늘도
있다. 유료 송어낚시터에서는 미늘 없는 바늘을 쓴다. 미늘이
박혀 바늘 빼는 데 시간이 걸리면 스트레스에 취약한 송어가
죽어버리기 때문이다. 그만큼 미늘은 강력한 무기이자 양날
의 검이다.

이미 당신의 손은 나를 놓아버렸지만 당신이라는 바늘은 내
게 단단히 박혀 빠지지 않는다. 맹목적으로 낚싯바늘을 덥석

무는 일이 사랑이라면, 팽팽하던 행복의 줄 끊어지고 난 뒤 그리움과 후회는 날카로운 미늘이다. 줄은 끊어져도 바늘은 여전히 박혀 있다. 나는 그걸 아직 빼내지 못했고, 당신은 뽑아냈다. 당신 마음 깊숙한 곳에서부터 나를 뽑아내기까지 내 집착과 슬픔과 애처로운 애원이 미늘처럼 마음 여기저기 상처 입힌 것을 사과한다.

어느새 날아가 박혀버리고선 잘 빠지지 않는 낚싯바늘처럼 당신을 사랑했다. 이젠 미늘 없는 바늘, 아니 미늘 없는 마음만 남았다. 무엇도 잡을 수 없는, 잡아도 금방 놓치는.

10

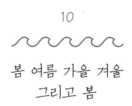

봄 여름 가을 겨울
그리고 봄

1월에는 통영과 포항, 여수의 아침놀에 언 몸을 녹이며 볼락 낚시를 합니다. 어청도 먼 바다로 나가 선상에 피어오르는 열기 꽃을 따기도 합니다.

2월에는 제주 가파도와 서귀포의 거친 파도를 밟고 넙치농어를 추적합니다. 멀리 못 가는 날에는 가까운 송어낚시터를 찾습니다.

3월에는 밸리보트[1]를 타고 대청호 이른 봄볕 속에서 배스 낚시를 합니다. 물에 비친 도시 야경이 아름다운 한강에서 강준치와 누치를 잡기도 합니다.

4월에는 산수유와 매화와 벚꽃이 차례로 흐드러지는 섬진강에서 한 해의 첫 쏘가리를 만납니다. 연중 가장 행복한 낚시

—

1. 하반신을 물에 담근 채 노와 오리발로 이동하는 낚시용 고무보트

랍니다.

5월에는 대호만 푸른 갈대 사이에 앉아 힘 좋고 순박한 붕어찌 올림[1]을 봅니다. 옥천 지수리 청동여울에서 무지갯빛 혼인색을 띤 바디끄리[2] 손맛을 만끽합니다.

6월에는 서늘한 여울에 배꼽까지 몸을 담그고 은하수 꺽지들과 놉니다. 손맛 아니라 몸맛을 느끼고 싶으면 국토 최서남단 가거도에 가 엔젤호를 타고 대물 농어, 부시리, 방어와 겨뤄봅니다.

7월에는 목덜미 따가운 대낮에 홍천강 밤벌이나 인제 하추리 계곡에서 견지낚시[3]로 피라미를 낚고, 밤에는 한 칸 반 낚싯대에 지렁이를 꿰어 모래무지와 빠가사리를 잡습니다. 매운탕 끓여 소주를 마시면 술잔에 별빛이 내려와 앉곤 하지요.

8월에는 서해의 고슴도치 섬 부안 위도에서 광어와 우럭, 농어, 장대를 낚아 올립니다. 제주 밤바다에 가 털보 선장이 모는 배를 타고 한치 에깅[4] 낚시를 즐기기도 합니다.

9월에는 황금자라 섬으로 불리는 여수 금오도에서 무늬오징어를 잡아 회 썰고 통찜으로 요리해 밤새 술을 마십니다.

10월에는 어느새 무채색 옷으로 갈아입은 섬진강에서 한 해의 마지막 쏘가리를 만납니다. 늘 뭉클하고 서운한 낚시입니다. 쏘가리와 작별한 아쉬움을 주꾸미와 갑오징어 낚시로 잠시 잊어봅니다.

11월에는 태안 학암포 방파제에 텐트를 치고 가스난로에 손을 녹이며 붕장어 원투[5]낚시를 합니다. 갯가재나 돌게가 묶음바늘에 걸려나오기도 하는데, 불청객이 아니라 최고의 요리 재료들입니다.

12월에는 남쪽 바다에 가 호래기와 볼락을 잡거나 배를 타고 참돔 타이라바 낚시를 나갑니다. 감성돔과 벵에돔 찌낚시, 흘림낚시 삼매경에 빠져보기도 합니다. 한 해 동안 고생한 낚시장비들을 잘 닦고 정비하며 내년을 준비합니다.

다시 1월엔 통영과 포항, 여수의 아침놀에 언 몸을 녹이며 볼락 낚시를 합니다.

물가에 서 있으면 봄 여름 가을 겨울 그리고 봄이 금방입니다. 봄볕에 설레기도 하고, 여름 장마에 투덜거리기도 하고, 어느새 해가 짧아진 늦가을엔 괜히 눈물이 나기도 합니다.

---

1. 붕어가 입질하는 순간 찌가 올라오는 것
2. 산란철 혼인색을 띤 수컷 끄리를 바다끄리라 부름
3. 낚싯줄이 매어진 얼레를 풀었다 감았다 하며 물고기를 유혹하는 우리 전통 낚시 방법
4. 새우 모양의 인조 미끼 '에기(餌木, egi)'를 사용하는 낚시 방법
5. 채비를 멀리 던지는 낚시 방법

그리고 당신과 나는

1월에는 새해의 계획을 열 가지씩 세웠습니다. 나의 계획과 당신의 계획, 서로 함께 하고 싶은 열 가지 일들을 열심히 적고 발표하고 박수쳐주고 자축의 와인을 마셨습니다. 당신의 생일을 온 맘으로 기뻐하며 축하했습니다. 생일상을 차려주고, 선물을 건넸습니다.

2월에는 다가올 봄을 준비하며 함께 대청소를 했습니다. 청소를 끝내고 커다란 술통에다 과일과 약초, 허브 등을 나눠 넣고 담금술을 만들었습니다. 술통마다 날짜와 술 이름이 적힌 종이를 붙여놓고 술이 맛있게 익기를 기도했습니다.

3월에는 우리가 좋아하는 을왕리 바다에 가 밤하늘에 풍등을 띄워 소원을 빌고, 왕산 해변에서 조개구이를 먹으며 서로의 두 눈에 담긴 밤바다를 오래 바라보았습니다. 돌아오는 길엔 꼭 '박복례생선구이집'에서 생선구이 백반을 먹었습니다.

4월에는 모종과 묘목과 어린 꽃들을 사와 화단에 옮겨 심었습니다. 묵은 화분의 흙을 새 흙으로 갈아엎어 식물들의 집을 마련해주었습니다. 퇴비도 넉넉히 주고, 영양제도 잊지 않았습니다. 호스로 물을 뿌릴 때 언뜻 무지개가 비치기도 했고요. 저녁에는 봄이 온 것을 축하하는 파티를 열었습니다.

5월에는 도시락을 싸서 동물원으로 소풍을 가곤 했습니다.

가까운 관악산에 함께 오르기도 했고요. 서울대공원 나무 그늘 아래 벤치에 앉아 도시락을 꺼내고 샴페인을 따다가 탄산이 심하게 터져 머리카락과 옷이 흠뻑 젖은 일도 있었습니다.

6월에는 한 해의 절반을 돌아보며 좋았던 일과 나빴던 일 세 가지씩을 말해보는 시간을 가졌습니다. 좋은 일에는 축하를, 나쁜 일에는 위로를 보내며 술잔을 부딪쳤습니다.

7월에는 완도 신지 명사십리 바다와 포천의 풀빌라에서 여름휴가를 즐겼습니다. 내가 사준 분홍색 비키니 수영복이 참 잘 어울렸습니다.

8월에는 가장 뜨거운 계절에 가장 뜨거운 바다로 여행을 떠났습니다. 지중해의 파도소리를 들으며 그리스 올리브를 안주 삼아 백포도주를 마셨습니다. 스쿠터를 타고 붉게 타는 산토리니의 석양 속을 달렸습니다. 내 허리를 감아 안은 당신의 팔이 부드럽고 아늑했습니다.

9월에는 동네에서 같이 배드민턴을 치고, 줄넘기를 하고, 학교 운동장을 달리고, 철봉놀이를 하고, 미끄럼틀과 시소와 그네를 탔습니다. 부엌에 레일조명을 달고, 싱크대를 고치고, 수도꼭지를 새것으로 바꾸고, 천장 페인트칠을 했습니다.

10월에는 내 생일을 축하했습니다. 당신이 미역국을 끓이고, 잡채와 불고기를 만들고, 정성껏 준비한 선물을 내게 건넸습니다. 얼마나 기뻤는지 모릅니다. 가을 바닷가에 가 손을 꼭 잡고 석양과 보름달을 바라보는 일도 가을의 소중한 이벤트였습니다.

11월에는 첫눈 오시는 날, 창문을 활짝 열고 영화 〈러브레터〉 OST를 틀어둔 채 눈 내리는 풍경을 바라보며 와인을 마셨습니다. 11월마다 당신 몸이 아파 걱정을 많이 했습니다.

12월에는 화훼단지에서 나무를 사와 크리스마스트리를 함께 꾸몄습니다. 오븐에 닭을 굽고, 해물 스튜를 끓였습니다. 친구들을 초대해 크리스마스 선물을 교환했습니다. 한 해를 돌아보며 좋았던 일과 나빴던 일을 이야기했습니다. 서로의 어깨에 기대어 새해 첫 태양을 바라보았습니다. 그렇게 또 한 해를 함께하자고 약속했습니다.

그런데, 봄은 다시 오지 않습니다.

화단에 꽃들은 피지 않고, 풍등에 적은 소원은 캄캄한 밤바다로 추락해버리고, 술병은 엎질러지고, 추억은 흩어져 다시는 주워 담을 수 없고.

강물은 흐르는데 시간은 멈추고, 계절은 돌아오는데 우리는 돌아오지 못하고.

당신과 나 사이엔 가뭄과 추위와 폭설이 있고 어떤 시절도

거길 통과할 수 없습니다.

미안합니다. 부디 행복하기를. 내가 아니더라도 당신의 봄 여름 가을 겨울 그리고 봄 소중하기를.

11

놓친 물고기

세상에서 가장 큰 물고기는 놓친 물고기다. 놓친 물고기는 영원히 자란다. 낚시꾼의 탄식과 허풍 속에서 30센티미터 쏘가리는 금방 5짜 대물이 되고, 손바닥만 한 우럭은 팔뚝보다 굵은 개우럭이 된다.

놓친 물고기들은 잘 살고 있을까. 문득 그들의 안부가 궁금하다. 다 잡았다가 놓친 물고기들로만 아쿠아리움을 차릴 수도 있을 것이다.

눈앞에서 놓치고, 사진 찍다 놓치고, 살림망에 넣다가 놓치고, 꿰미 클립을 제대로 채우지 않아 놓치고, 살림망에 구멍이 나 놓치고, 들고 옮기다 놓치고, 손에 든 채 낚싯줄 정리하다 놓치고, 물에서 들어 올리다 놓치고, 뜰채질하다 놓치고, 살림통이 아예 물에 떠내려가 놓치고, 고양이가 물고 가고, 다른 낚시꾼이 훔쳐가고……

애인과 함께 안성 반제낚시터 수상좌대에 오른 적 있다. 겨우 한 뼘이 조금 넘는 크기의 붕어들만 잡혀 체면이 말이 아니었다. 저녁에 삼겹살 구워 소주를 마시는데 "맨날 이렇게 새끼들만 잡아?"라는 말이 가슴에 비수처럼 박혔다. 입질도 없는 가장자리 한 칸 낚싯대에 굵은 10호 바늘을 달고 먹다 남은 삼겹살 한 덩이를 끼워 던졌다. 메기나 잡아볼 심산이었다. 몇 시간 뒤, 애인은 방에 들어가 자고, 나는 케미라이트[1] 불빛 보며 캔맥주나 마시는데 찌가 쭉 빨려 들어갔다. 챔질을 하니 엄청난 당길심이 느껴졌다. 1호 낚싯줄[2]이 터질까봐 조마조마하며 겨우 좌대 앞까지 끌어왔다. 녀석이 물에서 몸을 뒤챌 때 물보라가 일었다. 대형 찬넬메기였다. 좌대로 올려야 하는데 뜰채가 없었다. 한참을 고민하다 줄을 잡고 올리려는 순간, 강한 몸부림에 줄이 터져버렸다. 허무했다. 잠에서 깬 애인에게 아무리 이야기해도 그녀는 믿지 않았다. 1미터는 충분히 되었을 거라고, 팔을 크게 벌려 묘사했던 그 찬넬메기를 생각하면 지금도 속상하다.

빨리 잊고 낚시에 집중하면 또 잡을 수 있는데, 놓친 물고기만 생각하다 결국 낚시를 망친다. 인생도 마찬가지다. 어제 내 것이 될 뻔했던 행운을 계속 아쉬워하는 동안 지금 나에게 다가오는 기회마저 놓쳐버리고, 결국 빈손이 되어 쓸쓸한 내일을 맞는다. 놓친 것들에 대한 미련을 버리지 못해서 내

---

1. 야광찌
2. 1호 낚싯줄의 굵기는 나일론 소재 기준으로 0.165㎜

살림망과 주머니와 옆구리는 늘 비어 있다.

"왜 그랬을까. 우리가 다투거나 당신 때문에 내 마음 아플 때, 예전에 놓친 인연들과 당신을 저울질하며 나는 지나간 어제를 데려와 오늘을 갉아먹게 했지. 놓친 어제들은 다 아름답게 보이고, 우리가 붙들고 있는 오늘은 어딘지 못나 보였어. 내가 아무도 없는 저쪽을 바라보느라 잠시 돌아선 동안 당신은 떠나버렸지. 그렇게 나는 당신을 놓치고 말았어. 이젠 놓친 당신을 생각하느라 하루가 금방 저물고, 어두워진 마음에 누구도 불을 켜줄 수 없게 되었네."

찬넬메기를 놓치던 밤, 그 물고기를 꼭 잡아 자랑해 보이고 싶던 그녀와 함께 있었다. 침을 튀겨가며 구연동화하듯 놓친 물고기 이야기하는 나를 보며 환하게 웃어주던 그녀가 거기 있었다.

그녀를 놓쳤다. 봄날의 작은 물고기처럼 따뜻하던 손을 놓쳤다. 내 생애 가장 예뻤던 시절을 나는 놓쳐버렸다.

12

차라리 입질이나
안 하면

낚싯줄과 바늘, 미끼 등 대상어 공략에 적합한 채비를 완벽히 갖추고, 누가 봐도 좋은 포인트라고 할 만한 자리에서 몇 시간째 낚시해도 물고기가 잡히지 않는 날이 있다.

그때 포인트에 대한 불신이 생기기 시작한다. '여기가 아닌가 봐', '아까 지나오며 봤던 자리에 낚시꾼들이 몇 있던데 그리 가볼까', '아니야, 그래도 이 자리를 지키고 있으면 한 번은 찬스가 오겠지', '아니라니까, 지금 옮겨야만 해' 머릿속이 복잡해진다.

한 번만 더 던져보고 미련 없이 다른 곳으로 옮기자! 결심하면 꼭 물고기는 "가지 마, 나랑 놀자" 속삭이듯 입질을 한다. 미끼를 툭, 툭 건드리기는 하는데 덥석 물지는 않으면서, 희망고문을 한다.

그 약삭빠른 입질에 속아서는 기대와 희망에 부푼 두 발을 그 자리에서 떼지 못한다. 그렇게 열심히 채비를 던져보지만 돌아오는 것은 빈 바늘뿐, 물고기에게 속았음을 깨닫고 이번엔 진짜 포인트를 옮기려 하면 그때 또 툭, 툭, 미치고 환장할 노릇이다.

차라리 입질이나 안 하면 다른 곳으로 옮기거나 아예 낚시를 접고 쉴 텐데, 뜨거운 땡볕 아래서, 살을 에는 칼바람 속에서 물고기에게 희망고문만 당하다가 한 마리도 못 잡고 쓸쓸히 걸음을 돌린다. 철저히 가지고 놀림 당하다 버려진 꼴이다. 비참하고 초라하다. 나 자신이 너무 한심스럽다.

차라리 소식이라도 안 들리면, 어쩌다 가끔씩 연락이라도 안 오면 당신을 잊을 텐데, 당신에게 매어놓은 마음 끈 풀어 다른 곳으로 갈 수도 있을 텐데.

당신은 왜 내가 당신을 포기하려 할 때면 실낱같은 희망을 주고, 환희에 부풀어 당신의 손 붙잡으려 할 때면 보이지도 않는 먼 곳으로 달아나는지.

잡힐 듯 잡히지 않는 시절 지나가고, 이제는 정말 소식도 연락도 없는 잔잔한 마음 물가를 나는 아직 떠나지 못한 채

툭, 툭 건드리던 그 눈빛과 목소리만 하염없이 기다린다. 다시 오지 않을.

13

믿음 가지고

낚시는 끊임없는 의심과의 싸움이다. 고기가 안 잡히면 장비를 의심하고, 포인트를 의심하고, 조언해준 낚시가게 주인을 의심하고, 선장을 의심하고, 날씨를 의심하고, 일본 지진을 의심한다. 그리고 맨 나중에 내 실력을 의심한다. 낚시꾼만큼 핑계를 잘 대는 사람들도 없을 것이다.

의심이 많으니 귀도 얇다. 나처럼 실력 없는 낚시꾼은 특히 팔랑귀다. 낚시점 사장이 하는 말에 귀가 솔깃하고, 포인트에서 만난 현지 조사 이야기에 또 귀가 기울여진다. 지난주에 이곳을 다녀갔다는 동호회원의 카톡 메시지에 설득 당하고, 인터넷에 올라온 조행기를 보며 생각을 바꾼다. 저쪽에서 누가 물고기 잡으면 저쪽이 좋아 보이고, 이쪽에서 잡으면 이쪽이 좋아 보인다. 그렇게 갈팡질팡하는 사이 물고기는 못 잡고 날이 저문다.

내 채비에 대한 믿음, 포인트에 대한 믿음, 대상어의 습성에

대한 믿음, 물때에 대한 믿음, 하다못해 내 행운에 대한 믿음
이라도 있는 낚시꾼은 이 말 저 말에 휘둘리지도 않고 여기
저기 기웃거리지도 않는다. 뚝심 있게 한곳을 지키다 보면
집어가 되고, 피딩타임[1]이 되고, 초들물[2]이 되고, 적정수온[3]이
되어 폭발적인 입질을 받는 경우가 있다. 방금 전까지 생명
체의 반응을 전혀 확인할 수 없던 강과 바다가 그야말로 황
금어장으로 변하는 순간이다.

믿음만 있다면 그럴 수 있다.

믿음만 있다면, 그 믿음 가지고 당신을 다시 사랑할 텐데.

나는 얼마나 많은 의심들로 당신과 나를 황폐하게 만들었던
가. 말하기 좋아하는 사람들의 무책임하고 모호한 수군거림
에 귀가 솔깃해 내 눈으로 보고 손으로 만져 확실히 알고 있
는 당신을 믿지 못한 나 어리석다. 당신이라는 진실을 믿지
못하고, 오지랖 넓은 세상의 뜬소문에 불안해하는 동안 의심
은 믿음을 침식시키고, 결국 우리가 함께 서 있던 지상의 아
름다운 계절은 캄캄한 크레바스 속으로 영영 추락해버렸다.

여전히 나는 의심 많고 귀 얇은 낚시꾼, 계절이 바뀌고 바뀌어

---

1. 물고기들이 먹이활동을 하는 시간
2. 썰물이 지나고 첫 밀물이 들어오는 때
3. 물고기들이 활동하기 적당한 물 온도

도 자리를 옮기지 않고 이 자리에 서서 줄을 던지면 당신이 돌아올까. 믿음 가지고 물고기 기다리는 법을 깨우치면 진실을 진실로 마주 보는 눈빛, 언젠가는 내 눈에서 빛날 수 있을까.

14

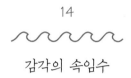

감각의 속임수

낚시를 하면 감각이 예민해진다. 시각은 당연하고, 촉각, 청각, 후각, 심지어 미각까지 동원되곤 한다.

눈으로 찌가 언제 움직이나 지켜보고, 조류의 세기를 가늠하고, 물색과 수량을 확인한다. 원투낚싯대에 달아둔 방울 소리, 물고기들이 떼 지어 먹이 활동하는 소리를 향해 귀를 기울인다. 낚싯줄에 전해져 오는 미세한 떨림을 손끝으로 감지하고, 잡은 물고기의 체온을 느끼면서 대상어의 활성도와 수심층을 짐작한다. 물 냄새를 맡아 녹조와 청태, 이끼 등 부유물과 침전물이 어느 정도 발생했는지 추측하고, 떡밥이 상하진 않았는지, 알맞게 배합되었는지 냄새를 맡아 확인한다. 때로는 미끼로 쓰는 옥수수나 떡밥, 글루텐[1] 따위를 혀끝으로 맛보기도 한다. 그러면서 '이 맛있는 걸 너희가 먹지 않고는 못 배길 텐데' 생각하는 것이다.

—
1. 식물성 단백질인 글루텐 성분이 들어간 떡밥

오감을 다 기울여 집중하는데도 실수가 생긴다. 한번 던진 자리에 계속해서 던져야 입질 받을 확률이 높은데, 한참 못 미치거나 훌쩍 넘겨 덤불에 채비가 걸리거나 좌우로 치우치는 등 정확한 캐스팅[1]에 실패하는 일이 빈번하다. 그런데 신기한 건 날이 저물고 사방이 칠흑처럼 캄캄해지면 시각이 몹시 제한된 환경에서 오히려 정확하게, 수십 번을 캐스팅해도 똑같은 위치에 채비를 던진다는 점이다. 오감 중 감각 하나가 거세되니 나머지 감각들이 더 예민해지는 것이다. 어둠은 산만한 눈을 닫게 해 한눈팔 일 없게 만든다. 어두울수록 정신과 감각이 날카롭게 벼려진다.

인적 드문 무명 소류지[2]에서 밤낚시를 하다 보면 멧돼지나 고라니, 족제비, 쥐 등 야생 동물이 내는 소리에 소스라치게 놀라곤 한다. 밤안개가 피어오르고 소쩍새 울음소리 음산하게 들려오면 영화 〈살인의 추억〉이나 드라마 〈전설의 고향〉 생각이 나 등골이 오싹하다. 그러다 바람 소리에도 깜짝 놀라고, 내 옷 부스럭거리는 소리에 내가 놀라 자빠질 때도 있다. 나는 뱀을 정말 무서워하는데, 발아래서 무슨 소리 들리자 낮에 본 작은 유혈목이 생각나 풀섶에다 에프킬라 한 통을 다 뿌린 적도 있다.

무서움이 좀 가시면 외로움이 찾아온다. 어둠 속에 홀로 앉

—

1. 낚싯줄을 던지는 행위
2. 작은 연못이나 저수지

아 케미라이트를 바라보고 있으면 그립고 서러운 온갖 것들이 떠오른다. 야광찌마다 보고 싶은 얼굴들, 미안한 이름들, 다시 못 올 시절들이 방울져 맺힌다. 밤은 몹시도 길고 어둠은 끝없이 깊어진다. 세상에 홀로 남겨진 듯한 고독감이 든다. 아침은 결코 오지 않을 것만 같다.

밤이슬 맞으며 잠깐 졸았을까. 눈앞에 꼼짝 안 하고 서 있던 콘크리트 어둠이 조금 얇아진 게 느껴진다. 두 눈을 물들였던 단호한 암흑이 쪽빛으로 유순해지는 먼동, 하늘에는 달과 별 아직 빛나지만 어둠에 몸이 지워졌던 풍경들이 제 몸의 윤곽을 되찾기 시작한다. 소류지가 푸른 물안개를 밧줄로 엮어 산 너머 아침 해를 끌어당긴다. 갈대와 수련 위로 금빛이 날계란처럼 쏟아진다. 세상이 온통 황금이다.

눈부신 햇살 속에 고개 들어보니 밤새 정체불명의 소리로 나를 두렵게 한 저쪽 숲에는 붉은 꽃 가득 피어 있다. 꽃덤불 속으로 사탕 같은 새들이 쉴 새 없이 드나들며 노래하고, 멀리 닭 울음소리, 얼룩소 우는 소리 들린다. 온갖 생명의 몸짓과 소리와 냄새 가운데 나는 더 이상 무섭지 않다. 더 이상 외롭지 않다. 고독과 두려움으로 가득했던 소류지가 사실은 세상에서 가장 아름다운 아침 호수였다니, 감각의 속임수에 완전히 당했다.

아침놀 잔잔히 번져나가는 소류지에 앉아 있으면 속에서 무언가 뭉클한 게 올라온다. 밤새 외로움과 두려움에 떨었던 영혼을 자연에게 위로 받는 순간, 나는 이토록 멋진 세상에 살고 있다. 이만하면 충분하다.

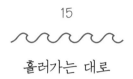

15

흘러가는 대로

가짜 미끼로 물고기를 유혹하는 루어낚시를 주로 즐기는 나지만, 낚시라면 장르 가리지 않고 다 좋아한다. 민물 붕어 낚시, 견지낚시, 계류 루어낚시, 강 잡어낚시[1], 댐 밸리보팅 낚시, 배스 낚시, 얼음낚시, 유료낚시터 무지개송어낚시, 원투낚시, 갯바위 루어낚시, 선상 농어루어낚시, 참돔 타이라바, 감성돔 찌낚시, 무늬오징어 에깅, 볼락 루어낚시, 한치 낚시, 갈치 낚시, 주꾸미 및 갑오징어 낚시, 부시리 지깅[2], 망둥어 낚시 등 다양한 낚시를 해봤다. 그야말로 어수선한 잡낚시꾼이 아닐 수 없다. 그래도 빈 바늘로 물고기 옆구리나 등짝을 꿰는 훌치기는 하지 않는다. 그건 낚시가 아니라고 생각하기 때문이다.

한 해에 한두 번은 제주도에서 선상 흘림낚시를 한다. 주 대

---

1. 특별한 대상어 없이 마자, 돌고기, 동자개, 메기, 누치 등 다양한 강고기를 잡는 낚시
2. 루어의 일종인 '메탈 지그'를 사용하는 낚시 방법

상어는 긴꼬리벵에돔과 벵에돔인데 참돔, 쥐치, 벤자리, 돌돔
도 만날 수 있다. 1호에서 3호 낚싯대에 3000번[1] 이상 릴을 장
착하고 2호에서 4호 나일론 원줄, 채비에 맞는 목줄과 바늘
을 쓴다. 조류의 세기와 수심 등 포인트 상황에 따라 저부력
찌[2]를 사용하기도 하고, 목줄에다 좁쌀봉돌[3]을 달기도 한다.
배 아래에 크릴새우 밑밥을 넣은 그물망을 내리고, 밑밥이
흘러가는 조류에다 미끼를 단 채비를 흘려보내는 방식이다.

흘림낚시의 묘미는 물살 흐름에 따라 일정한 속도로 방출되
던 낚싯줄이 물고기가 입질하는 순간 급격히 빠르게 풀려나
가는 데 있다. 두 눈과 손끝에 감각을 집중시키다 갑자기 낚
싯줄이 쏜살같은 스크류를 그릴 때, 릴 베일[4]을 닫고 강하게
챔질하면 멀리서부터 물고기의 팽팽한 당길심과 한판 승부
가 시작된다. 그 짜릿한 손맛은 흘림낚시를 해본 사람 아니
면 절대 모른다.

물 흐르는 대로 흘려주는 게 중요하다. 물살이 너무 빠르면
채비 무게를 조금 무겁게 하고, 조류 흐름이 약하면 가볍게
한다. 조류보다 빠르거나 느리지 않게, 앞서거나 뒤지지 않
게 물 흐르는 대로, 흘러가는 대로, 애쓰지 않고, 덤덤하게,
흘러가는 것들을 흘러가는 대로 두면 언젠가는 온다. 물고기

---

1. 릴 구경의 사이즈. 숫자가 클수록 무거운 채비이며 대물 낚시용이다
2. 부력이 낮아 물에 뜨려는 성질이 약한 찌
3. 좁쌀 모양의 작은 봉돌
4. 릴에서 낚싯줄이 풀리거나 풀리지 않게끔 조절하는 장비

도, 기회도, 사람도, 사랑도.

억지와 인위로 가득한 내 삶을 생각한다. 이미 지나간 일을 거스르려는 욕심과 다 끝난 마음을 되돌리려는 집착, 흘러가는 시간을 붙잡으려는 헛된 노력, 안 되는 일을 되게 해달라는 생떼, 잊어야 함을 알면서도 못 잊고, 놓아야 함을 알면서도 놓을 수 없는 바보 같은 고집까지. 흘러가는 대로 흘려줘야 하는데, 붙잡을 수 없고 되돌릴 수 없는 것들 이제는 흘려보내야만 하는데.

성산일출봉이 보이는 겨울 제주 바다, 성산항에서 출항한 신금남호 후미에 앉아 녹슨 닻에다 낚싯대를 기대어 놓고 흐르는 물살 위에 채비를 흘려보낸다. 무심하게 풀려나가는 낚싯줄을 보면서 나도 무심히 동물원의 노래를 흥얼거린다. "나를 사랑했었다는 그 확인이나 어떤 다짐도 약속도 없이 그냥 그렇게 헤어지기로 해. 화사했던 오월의 어느 날, 바람에 꽃잎 날리듯 가볍게 또 담담하게, 우리 그렇게 헤어지기로 해."(「우리 이렇게 헤어지기로 해」)

낚싯줄은 그대로인데, 마음의 줄 갑자기 풀려나간다. 보이지 않는 저 먼 육지, 네가 살던 옥탑방까지.

물이 흐른다. 흐르는 대로, 흘러가는 대로, 이젠 놓아야 하는 것들을 물 위로 흘려보낸다. 억지도 없이 인위도 없이. 차오르는 눈물만큼은 억지로 참아내면서.

16

괜찮겠지

채비를 준비할 때 이미 조과가 결정된다고 한다. 낚싯줄과
바늘, 소품들, 옷, 신발 등을 철저하게 묶고, 조이고, 새것으로
바꾸고, 여유 있게 챙겨야만 낚시하다 생기는 다양한 변수에
대비할 수 있기 때문이다. 그러고 보면 정말 낚시는 준비와
의 싸움이다.

'괜찮겠지'가 문제다. 낚싯대 하나만 챙겨가도 괜찮겠지 하고
갯바위에 들어갔다가 낚싯대가 부러져 낚시는 하지도 못하
고 파도소리만 듣다 온 적도 있다. 오래된 줄을 새것으로 가
는 게 귀찮아서, 괜찮겠지 하면 그날 꼭 대물이 걸린다. 당연
히 줄이 터져 놓치고 만다. 미노우[1]의 녹슨 바늘을 안 바꿔도
괜찮겠지 했더니 농어는 힘센 바늘털이로 바늘을 부러뜨리
고 유유히 바다로 되돌아갔다. 핫팩을 안 챙겨도 괜찮겠지 했
다가 겨울 선상낚시에서 손가락이 끊어지는 듯한 고통을 경

―

1. 플라스틱이나 나무 재질의 물고기 모양 인조 미끼

험하기도 했다. 그날 낚시는 물론 망쳤다.

뜰채를 안 가져가도 괜찮겠지, 목줄을 새로 묶지 않아도 괜찮겠지, 모기 기피제를 안 뿌려도 괜찮겠지, 원줄이 갯바위에 쓸렸는데 잘라내지 않아도 괜찮겠지, 선크림을 안 발라도 괜찮겠지, 헤드랜턴의 배터리를 교체하지 않아도 괜찮겠지, 옷을 한 겹 더 입지 않아도 괜찮겠지, 봉돌을 더 달지 않아도 괜찮겠지, 오래된 떡밥을 대충 섞어 써도 괜찮겠지 하다가 물고기는 물고기대로 놓치고, 급기야 낚시를 더 이상 할 수 없게 되기도 한다. 꼭 방심한 곳에서 문제가 발생한다.

괜찮겠지.

괜찮겠지.

괜찮겠지, 하다가 당신을 잃었다.

미안하다는 말 안 해도 괜찮겠지, 먼저 전화하지 않아도 괜찮겠지, 조금 서운해 보였는데 굳이 기분 풀어주려 애쓰지 않아도 괜찮겠지, 사랑한다고 자주 말해주지 않아도 괜찮겠지, 이번 기념일은 그냥 넘어가도 괜찮겠지, 피곤한데 약속을 취소해도 괜찮겠지, 내일 연락해도 괜찮겠지, 한 번쯤 거짓말해도 괜찮겠지, 더 세게 붙잡지 않아도 괜찮겠지, 금방 돌아올 테니 괜찮겠지, 다시 만날 거니까 괜찮겠지……

괜찮겠지.

괜찮겠지.

당신은 지금 괜찮겠지.

당신 없는 내 삶도 언젠가는 괜찮겠지.

17

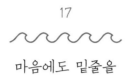

마음에도 밑줄을

릴에 낚싯줄을 새로 감을 때, 주로 사용하는 합사[1] 원줄을 감기 전 밑줄을 감는 경우가 있다. 3백 미터짜리 줄을 사서 최대 2백 미터가 감기는 릴에 줄을 감았다가 다음에 새로 교체할 때는 백 미터 남은 자투리 줄을 활용해야 하는데 이때 밑줄을 감아주면 원줄을 효율적으로 쓸 수 있게 된다. 밑줄 감기는 비싼 원줄을 절약하는 효과적인 방법이다.

합사 원줄에 루어 채비를 바로 묶기도 하지만 원줄에다 카본[2]이나 나일론 쇼크리더 줄을 맨 후 루어를 연결하는 것이 바람직하다. 쇼크리더는 원줄에 가해지는 장력을 분산시켜 채비가 터지지 않도록 해준다. 심한 밑걸림 등으로 어쩔 수 없이 줄을 끊어내야만 하는 상황이 발생해도 쇼크리더를 제대로 묶었다면 루어 매듭 부분만 끊어져 원줄의 소모를 방지할 수 있다.

———

1. 두 가닥 이상의 실을 합친 줄
2. 낚싯줄 소재 중 하나

밑줄과 원줄, 쇼크리더까지 낚싯줄을 감고 묶고 운영하는 일련의 체계를 '라인 시스템line system'이라고 한다. 작은 물고기 몇 마리 잡아낼 때는 불필요한 것 같지만, 큰 물고기를 걸었을 때는 이 라인 시스템을 얼마나 철저하게 준비했느냐에 따라서 결과가 달라진다. 쇼크리더 매는 것을 소홀히 한 낚시꾼들이 대물을 놓치고 허망해하는 모습을 여러 번 봤다. 물론 내게도 그런 쓰라린 경험이 있다.

마음에도 라인 시스템이 필요하다.

감정의 불필요한 소모를 막기 위해서, 상처 받지 않기 위해서 '버리는 마음'들도 있어야 한다. 모든 사람을 진심으로 대하지 않아도 된다. 진심을 보여줘야 할 때에만, 진심을 진심으로 받아주는 상대에게만 마음의 깊은 곳을 내보이면 된다. 적당한 미소, 적당한 예의, 적당한 인사치레, 적당한 빈말, 적당한 너스레 같은 것들은 내 마음에 가해지는 인간관계의 압력을 분산시키는 쇼크리더인 셈이다.

작은 문제는 누구나 감당한다. 하지만 큰 어려움이 닥쳤을 때 작은 물고기 잡아내던 정도의 마음먹기로는 버티기 힘들다. 저쪽에서 절망이 아무리 나를 잡아당기고 흔들고 영혼을 저리게 하더라도, 밑에서 버텨주는 마음 뿌리가 튼튼하다면 결국 심연에서 절망을 뽑아낼 수 있다.

누군가에게는 그것이 신앙이겠지만, 사랑에 대한 변치 않는 믿음, 소중한 이들의 눈빛, 오래 품어온 소망, 옳다고 여기는 바에 대한 신념, 미래를 향한 확신 같은 것들이 마음에 밑줄로 든든히 감겨 있을 때 우리는 불안, 슬픔, 절망, 실패, 포기 같은 크고 못생긴 물고기들과 싸워 이길 수 있다.

세상에서 나를 지키기 위해, 나는 오늘도 마음에 밑줄을 감고, 쇼크리더를 맨다.

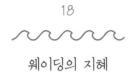

18

웨이딩의 지혜

쏘가리 루어낚시를 하기 전에는 물에 들어가서 낚시를 하지
않았다. 기껏해야 여름철 계곡에서 싸구려 견지낚시에 구더
기를 끼워 피라미 잡을 때 팬티 바람으로 물에 들어가는 게
전부였다. 쏘가리 루어낚시를 열정적으로 하기 시작하면서
부터 물 밖에서보다 물속에서 낚시하는 시간이 더 많아졌다.
강의 수중바위 지대나 물골, 깊은 소, 여울머리와 꼬리 등 쏘
가리가 있을 만한 장소들은 대개 물에 몸을 담그지 않고서는
루어를 던져 공략하기가 쉽지 않다.

강물에 들어가 낚시하는 것을 '웨이딩wading'이라고 한다. 영
어 'wade'는 '물이나 진흙 속을 힘겹게 헤치며 걷다'라는 뜻이
고, 프랑스어 'wading'은 아예 '수중낚시'라는 명사다. 사전적
의미처럼 웨이딩은 힘겹다. 수온이 차가운 초봄에는 아랫도
리가 시리고, 여름에는 목욕탕에 있는 것처럼 푹푹 찐다. 종
일 물속에서 낚시하다 보면 수압과 물 흐름 때문에 허리와 고
관절이 쑤신다. 포인트를 찾아 물속을 걷는 일도 만만치 않다.

강바닥에 바윗돌들이 울퉁불퉁 불규칙적으로 놓여 있어 발이 걸리거나 돌이끼에 미끄러져 넘어지는 경우가 흔하다. 갈대, 물옥잠, 부들, 마름, 청태, 온갖 수초들이 발목을 잡고, 물뱀, 두꺼비, 수달 따위가 느닷없이 튀어나와 기겁하게 만든다.

웨이더와 웨이딩부츠는 필수품이다. 웨이더는 방수와 보온의 기능은 물론 물뱀과 벌레 등으로부터 신체를 보호해주는 복장이다. 웨이딩부츠는 군인의 전투화처럼 두껍고 견고해 강바닥이나 바윗돌에 발이 다치거나 발목이 접질리는 걸 방지해주고, 펠트 재질로 된 밑창이 미끄러짐을 줄여준다.

전문 장비를 착용하고서도 웨이딩을 할 때는 각별히 조심해야만 한다. 물속에서 넘어지면 웨이더 안의 공기 때문에 다리가 위로 들리고 머리가 물속에 박혀 익사할 위험이 있기 때문이다. 유사시 웨이더를 찢을 수 있는 휴대용 칼과 구조 신호를 보낼 호루라기를 늘 지참해야 한다. 특히 장마철에는 매년 웨이딩으로 인한 인명 사고가 꼭 발생한다. 사고의 대부분은 급류를 만만히 보고 무작정 센 여울 속으로 걸어 들어가거나 한 발자국 더 가서 포인트에 가깝게 캐스팅하기 위해, 또는 돌이나 그물에 걸린 루어를 회수하기 위해 무리해서 깊은 곳까지 들어갔다가 화를 당하는 경우다.

웨이딩을 안전하게 하는 방법이 있다. 물살의 흐름을 거슬러 걷는 것, 물 흐름이 죽는 곳에서 잠시 쉬어가는 것, 육지로 나갈 길을 미리 파악해두는 것, 허리 깊이 이상으로는 무리해서 들어가지 않는 것, 물의 힘이 분산되는 얕은 곳을 항상 등 뒤에 두는 것 등이다. 뒤에서 밀어주는 물살의 힘을 받아 성큼 성큼 하류 쪽으로 걷다가 순간적으로 강한 유속을 견디지 못 해 넘어지면 아무리 거구라도 떠내려가는 것은 순식간이다. 허벅지가 뻐근하고 다리가 좀 저릴지라도 물 흐름을 거슬러 걸어야 넘어지지 않을 수 있다. 몸의 무게중심을 물 흐름과 반대방향으로 두고, 마치 운동선수가 타이어를 끌 듯, 높은 언 덕을 오르듯 걸어야만 안전하게 목표지점까지 갈 수 있다.

삶도 웨이딩과 마찬가지다. 뒤에서 밀어주는 힘에 의지하다 보면 처음에는 남들보다 빠르게 멀리까지 나아갈 수 있지만, 한순간 두 다리가 붕 떠서 내 의지와 상관없이 거센 급류에 휩쓸리게 된다. 누군가의 무조건적인 칭찬이나 도움, 과도한 호의, 내 노력 이상으로 거둔 성과들, 이른 나이에 얻은 명성, 행운, 세상의 유행, 경향 같은 것들은 유순하게 흐르는 강물 같다가도 어느 순간 나 스스로 두 다리를 딛고 설 수 없게 만 드는 급류가 되고 만다.

세상이 선뜻 내어주는 순조로운 물살에 그저 올라타기보다 그 물살을 거슬러 걷는 어려운 길을 택할 때 두 다리가 강바닥에 단단히 붙은 채 넘어지지 않을 수 있다. 오래 걸리고 힘겹지만, 때로 쉬면서 나아갈 길과 돌아갈 길의 지도를 그려보고, 캄캄 해서 깊이를 잘 알 수 없는 곳은 신중하게 피해가며 천천히 걸 어가다 보면 어느새 거칠고 무서운 급류를 벗어나 잔잔한 물가 에서 노을에 물든 금빛 강을 여유롭게 바라볼 수 있는 것이다.

나는 오늘도 몇 개의 강물을 거슬러 오른다. 돈이 되지 않는 시를 묵묵히 쓰는 것도, 누가 주목하지 않는 칼럼과 여행기의 연재를 멈추지 않는 것도, 흐르는 시간이 모든 것을 가져간 추억의 텅 빈 자리로 내 영혼을 끊임없이 데려가는 것도 다 강물을 거슬러 걷는 웨이딩이다.

다리가 저리고 종아리에 쥐가 날 듯하지만, 등을 돌려 물살에 편승하는 순간 급류에 휩쓸려버릴 것임을, '나'라는 한 생애와 개성과 취향이, '나'를 이루는 모든 추억들이 다 사라져버릴 것임을 나는 잘 알고 있다.

19

첫 캐스팅이
지겨워지는 순간

낚시만큼 빠르게 사람을 몰입시키는 것은 없다. 적어도 내가 살면서 경험한 활동들 중에서는 그러하다. 대체 무엇 때문에? 그저 낚싯대를 들고 미끼를 던지고 하루 종일 찌를 보거나 줄을 감는 게 전부인 행위인데. 그러다 물고기는 한 마리도 못 잡거나 손가락만 한 잔챙이 또는 덜떨어진 끄리, 강준치, 블루길, 복어, 불가사리, 용치놀래기 따위나 낚아내며 스트레스 팍팍 받는 짓인데.

그래서 낚시가 참 신기하다. 부푼 기대와 희망을 안고 콧노래 부르며 도착한 낚시터에서 줄 꼬이고 낚싯대 부러지고 릴이 고장 나고 고기는 고기대로 못 잡으면 다시는 낚시 안 하겠다며 씩씩거린다. 하지만 집에 돌아오면 언제 그랬냐는 듯 다시 그 물가가 눈에 아른거린다. 보채는 친구 탓에 가기 싫은 낚시를 억지로 간 날에도 채비를 하며 푹푹 한숨 쉬다가는 첫 캐스팅과 동시에 맹렬한 집중 상태로 전환되곤 한다. 불확실한 것을 향한 도전, 미지에의 탐색, 승부욕 자극, 도박과 게임적인 흥미요소, 무에서 유를 창조하는 연금술, 자급자족과 수렵 채취의 본능 환기 같은 말들로는 다 설명할 수 없다. 낚시는 대책 없는 병이고 중독이다.

밤늦도록 술 마시고 쪽잠 자다 새벽 피딩타임에 낚시하려고 동도 트지 않은 다섯 시쯤 밖으로 나가면 겨울이나 다름없는 초봄의 추위가 뼛속까지 파고든다. 다시 민박집으로 가 아랫목에 등이나 지지고 싶은 마음 간절하다. 차가운 물기를 머금은 웨이더를 주섬주섬 입고, 찌뿌둥해 잘 굽혀지지도 않는 허리를 간신히 숙여 정말 귀찮은 웨이딩부츠 끈 묶기까지 마치고 물가로 내려가면 전날 마신 술로 인해 배에 긴급한 신호가 온다. 헐레벌떡 화장실로 뛰어가거나 화장실이 없어 수풀 사이에 앉아 일을 해결하고 다시 웨이더를 입으면, 내가 이러려고 낚시를 했나 하는 자괴감이 밀려든다. 그러나 막 푸르스름한 눈을 뜨는 새벽강을 향해 루어를 던지는 순간, 그 모든 짜증은 기쁨으로 바뀐다. 분주하던 육체도, 혼잡하던 마음도 차분해진다. 예열이나 길들이기 같은 적응 과정 없이, 하는 즉시 행복해지는 행위가 낚시다.

여름철 갯바위 낚시도 고역이다. 하루쯤이야 활기차게 낚시하지만 이틀, 사흘째 되는 날부터는 체력이 고갈되어 종선배 타고 내리는 것도, 산을 타고 넘어 육로를 통해 포인트에 진입하는 것도 힘겨워진다. 낚시가방과 쿨러, 밑밥, 각종 무거운 짐들을 갯바위에 내리는 일은 이삿짐 나르는 것만큼 힘들다. 온몸이 땀에 젖고, 팔월 절정의 태양이 정수리에 전동드

릴처럼 내리꽂힌다. 땡볕은 마치 나를 미워하는 누군가가 고의적으로 내 목덜미를 때타월이나 사포로 미는 느낌이다. 낚시 준비를 마치고 땀이 좀 식을라치면 모기떼의 습격이 시작된다. 낚시고 뭐고 다 때려치우고 바닷물로 뛰어들어 해수욕이나 즐기고 싶다. 그런데 정말 말도 안 되게, 채비를 던져놓자마자 마음이 진정된다. 더위조차 느껴지지 않고 오히려 이따금 불어오는 바람에 상쾌함마저 느껴진다. 무슨 마법인가. 이쯤 되면 낚시는 마약이고 환각이며 울고 보채는 아이 앞에 틀어놓은 뽀로로와 마찬가지다.

해도 해도 즐겁고, 하다가 하다가 지치고 힘들어 그만하고 싶다가도 다시 처음처럼 힘이 나며, 온갖 문제와 어려움이 쌓여도 리셋 버튼을 누르듯 캐스팅 한 번에 다시 행복해지는 무한 재부팅의 미련한 행위, 그게 낚시이고 또한 사랑이다.

사랑도 치유할 수 없는 병이며, 금단현상을 불러일으키는 심각한 중독이다.

연인과 행복하던 봄날의 내가 그랬다. 봐도 봐도 또 보고 싶고, 만나서 다투고 토라지고 상처 받고 상처 주더라도 돌아서면 그립고 미안하고 애틋했다. 온갖 짜증나고 속상한 일들 앞에 얼굴 찌푸리고 언성 높이다가도 눈 마주치면 웃고, 농담 한마디에 눈 녹듯 녹아내리고, 어떤 표정 하나에 놀리고 장난치며 다시 처음 만난 그때로 돌아가곤 했다. 월화수목금토일 매일 붙어 있어도 지겹지 않고, 집에 도착하면 어느새 발길은 다시 연인의 집으로 향하고, 내일 또 보기로 약속하고 돌아오는 길에는 온 세상에 꽃비가 내렸다.

시간이 쌓이고 쌓여 마침내 지겹다는 생각이 들기 시작한 그때부터, 다시 봐도 서운함이 풀리지 않던 그날부터, 당신을 만나는 일 말고도 즐겁고 기쁜 게 하나 둘 생겨나던 그 계절부터 이미 우리는 헤어지고 있었던 것이다.

내가 언제 당신을 사랑했냐는 듯이, 우리가 언제 아름다운 세월에 함께 세상을 살았냐는 듯이 오늘은 지난날들로부터 너무나 멀고, 당신과 나는 시간보다 더 먼 별과 별의 끝에 서서 등을 돌리고 있다.

언젠가 첫 캐스팅이 지겨워지는 순간, 당신과 헤어졌듯 낚시와도 이별할 것이다.

그러면 내게는 정말 아무것도 남지 않게 되겠지.

20

$\sim\sim\sim\sim$

견딜 수 없다

정현종 시인은 「견딜 수 없네」라는 시에서 이렇게 노래했다. "흘러가는 것들을 견딜 수 없네/ 사람의 일들/ 변화와 아픔들을 견딜 수 없네/ 있다가 없는 것/ 보이다 안 보이는 것 (…) 시간의 모든 흔적들/ 그림자들/ 견딜 수 없네"라고.

세상이 너무 빠르게 변한다. 시간의 여울은 폭우로 불어난 급류처럼 나와 관계된 것들을 하나 둘 휩쓸어 데려간다. 그리고 결국 나도 데리고 가겠지.

시간에 의해 흐르고 변하는 것들 말고도 어제 보이던 게 오늘 보이지 않고, 오늘 없던 것이 내일 생기는 세상이다. 정신 없다. 한두 달 만에 건물을 부수고 새로 짓는다. 실시간 검색어 순위는 초 단위로 바뀐다. 불닭집이 치즈등갈비집 됐다가 삼겹살집으로 간판을 바꿔 단다. 듣도 보도 못한 말과 옷과 음악과 물건들이 유행한다. 자고 일어나면 어제의 유행은 다 촌스러운 옛것이 되고 만다.

사람마다 낚시를 가는 이유는 제각각이다. 나만 하더라도 낚시의 동기와 목적이 다양하다. 생각하기 위해서, 생각하지 않기 위해서, 집에 있기 싫어서, 술 마시고 싶어서, 사람들로부터 피해 있고 싶어서, 일하기 싫어서, 바람 쐬고 싶어서, 고기를 잡기 위해서, 잡았다가 놓아주기 위해서, 잡은 고기를 먹기 위해서, 습관이 되어서, 안 가면 딱히 할 일이 없어서, 물소리 듣고 싶어서, 수평선이 보고 싶어서, 물고기가 꾹꾹 물속으로 처박는 손맛을 느끼기 위해서, 찌 올림을 보기 위해서, 버너에 라면 끓여 먹기 위해서, 풀벌레 소리 들으며 자고 싶어서 등등 나열하자면 끝도 없다.

그런데 이제는 점점 장소가 좋아서 가게 된다. 늘 있는 것, 변하지 않고 또 사라지지 않으며 같은 모습으로 그 자리에서 나를 기다리고 있는 것들을 보기 위해 낚시를 간다. 강이든 바다든 대부분 낚시터는 도시와 멀리 떨어져 있고, 그래서 문명의 혜택인지 해악인지를 덜 입을 수밖에 없다. 누군가는 낙후라 부르고, 또 누군가는 보전이라고 부르는 그 불변의 현상유지가 나는 반갑고 기쁘다. 긴 겨울 지나고 첫 봄 낚시를 가 겨우내 얼었던 호수에 수년 째 같은 모습으로 서 있는 수몰나무를 볼 때면 코끝이 찡해진다.

빠르게 변하는 세상에서 느릿느릿 시간을 붙잡은 채 내가 기억하는 모습, 빛깔, 소리, 향기를 언제나 내게 내어 미는 그 강물과 바다가 정말 좋다. 나는 나란히 서 있는 메타세쿼이어들 사이 붉은 페인트가 다 벗겨진 데다 여기저기 녹슬어 을씨년

스럽게 보이는 '섬진강 단란주점' 간판을 사랑한다. 여울에서 낚시하다 앉아 쉬곤 하는 바위의 인체공학적 아늑함을 사랑한다. 수만 년 강물에 깎이고 파이며 나를 기다렸을까, 바위는 내 엉덩이에 딱 맞도록 오목하게 파여 있다. 간조 때면 모습을 나타내는 간출여 갯바위의 고저장단도, 거기 와 부딪쳐 부서지는 파도소리도 다 사랑한다. 그것들은 변함이 없다.

단골 민박집 주인아저씨 아주머니는 그대로인데, 내가 묵는 방에 와 자기가 키우는 햄스터 자랑하던 그 집 어린 손자는 고등학생이 됐다. '살뿌리가든' 간판은 그대로 있는데, 백숙을 정말 맛있게 끓여주던 새터민 사장님 부부는 이제 그곳에 없다. 연락도 되지 않고, 소문조차 들리지 않는다. 변하지 않는 것들을 만나러 갔다가 "사람의 일들, 변화와 아픔들"을 확인할 때면 마음이 허전해진다.

얼마 전, 나는 애써 외면하던 그 동네를 오랜만에 찾아갔다. 슈퍼도, 철물점도, 보살집도, 초등학교 담벼락의 벽화도, 미끄럼틀도, 책방도, 포장마차도, 시민공원도 다 그대로 있었다. 너만 없고 다 그대로 있었다. 그때의 우리만 없고 다 그대로 있었다. 가장 행복하던 시절의 나만 없고 다 그대로 있었다. 차라리 다 변하고 사라져버렸으면 좋겠다고 생각했다. 변하지 않은 것들을 나는 견딜 수 없었다.

견딜 수 없다.
변하는 것도, 변하지 않는 것도.

견딜 수 없다.
견딜 수 없어서 낚시를 한다.

너도 변하고 나도 변하고 세상도 변하는데
강물만 그대로 흐른다.

변하지 않는 것이 강물뿐이라니,
견딜 수 없다.

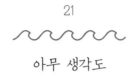

21

아무 생각도

"낚시할 때 무슨 생각해요?"

낚시를 하지 않는 사람들에게 가장 많이 듣는 질문이다. 낚시하면서 시상詩想을 떠올리느냐, 글을 구상하느냐, 앞으로 삶의 계획을 세우느냐, 지난날들을 돌아보느냐……

정답은 "아무 생각도 하지 않는다"다. 낚시할 땐 정말 낚시 외에 다른 것은 거의 생각하지 않는다. 어디가 포인트일까 생각하고, 어떤 미끼와 루어를 쓸지 고민하고, 어디로 던질까 가늠하고, 고기가 안 잡히면 '왜 안 잡히지', '내 낚시의 어느 부분이 잘못됐나' 골똘해지고, 고기가 잡히면 한 마리 더 잡기 위해 머리를 굴린다. 낚시하는 데만 정신이 팔린다. 그렇게 집중해도 한 마리 잡을까말까인데, 다른 상념이 끼어들 틈이 없다.

그래서 낚시는 내게 분주하고 번잡한 일상에서부터 달아나는 도피의 수단이다. 온갖 피곤한 부탁들, 밀린 원고, 인간관계의 일들, 술 약속, 집안 사정들을 잠시 덮어두고 낚시에만 몰두한다. 낚시는 그저 순간에의 집중이다. 강바닥과 바다 속 지형을 상상하고, 물고기의 생각을 읽는다. 낚시할 때는 세상에 오직 물과 나밖에 없다. 물고기와 나밖에 없다. 그 단순한 우주에는 걱정도 없고 고뇌도 없다.

집으로 돌아오면 밀린 원고들과 온갖 고지서, 돈 나가야 하는 일들, 여기저기서 나를 찾는 전화가 한꺼번에 몰려든다. '낚시'라는 세상에서 나오자마자 삶은 전쟁터다.

"당신이 곧 내 세상이던 시절에 나는 행복했네. 아픔도 없고 슬픔도 없는 그 작은 우주 안에서 나는 오직 사랑뿐, 오직 사랑뿐, 당신을 사랑만 했네. 우리들의 온전한 천국은 시간이 멈춰 병도 늙음도 죽음도 없는 네버랜드, 순간을 사랑해서 영원이 되어버린 다정함이여. 당신도 내 초라한 세상 안에서 행복했는지.

당신이라는 세상을 멀리 떠나 이미 잘못 살아버린 내 생에는 멈추지 않는 비가 내리네. 아프고 아픈 것들, 슬프고 슬픈 것들이 빗방울로 떨어져 내리는 어느 저녁의 거리에서, 당신을 생각하네. 한때 내가 살던 세상을."

낚시하러 가야겠다.

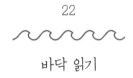

바닥 읽기

쏘가리 루어낚시에서 가장 중요한 기술은 '바닥 읽기'다. 강 바닥에 루어를 가라앉히고 천천히 릴을 감으며 낚싯줄과 낚 싯대를 통해 손끝에 전해지는 진동으로 수중지형을 파악하 는 것이다. 우럭이나 볼락, 광어를 노리는 바다 루어낚시에서 도 마찬가지다. 처음에는 루어가 바닥에 닿았는지 감지하는 것조차 어렵지만 경험이 쌓여 노련해지면 어디에 큰 돌이 있 고, 움푹 팬 곳이 있는지 알아차릴 수 있게 된다. 고수들은 물 속을 훤히 들여다보며 루어의 움직임과 그에 따른 대상어의 반응까지 다 꿰뚫는다. 초보인 나로서는 입이 떡 벌어지는 경지다. 공부는 끝이 없다. 낚시도 치열하게 공부하고 연습 해야만 실력이 는다.

바닥을 읽는 것, 바닥을 아는 것. 이것만 잘해도 쏘가리 루어 낚시는 "반쯤 먹고 들어간"다. 눈으로 볼 수 없는 저 깊은 물 속을 상상하며 머릿속에 지형도를 그리는 일은 어둠 속을 더 듬어나가는 암중모색만큼 막막하지만 툭 튀어나온 곳, 쑥 들어간 곳, 돌바닥, 모래바닥, 돌이끼, 물풀, 폐그물, 수몰나무를 손끝의 감각만으로 알아내는 것은 쾌감을 발생시킨다. 그러다 그 느낌들과는 다른 쏘가리 입질이 강바닥에서부터 톡, 톡 전해질 때, 북경의 나비 날개가 뉴욕에 폭우를 내리게 하는 것처럼 멀리 물속에서 시작된 그 작은 떨림이 내 온몸을 전율케 한다.

세상을 온통 분홍빛으로 뒤덮던 벚꽃잎이 힘없이 흩날린다. 떨어지는 꽃은 왜 아름다울까. 꽃이 매달렸던 자리엔 꽃의 시절을 기억하지 못하는 초록 잎사귀들만 이제 무성하겠지.

꽃비가 강물 위로 흐르는 사월의 섬진강에서 강바닥을 더듬는다. 지그헤드가 바닥의 돌들을 타고 넘을 때마다 손끝의 떨림, 입질은 없고 봄날 햇살 속은 왠지 모르게 서러워서, 나는 떨리는 손으로 오래 덮어둔 마음의 한 페이지 강물에다 펼쳐 읽는다.

내가 나의 바닥을 읽을 수만 있었다면, 당신의 바닥을 내가 볼 수 있었다면……

내 깊은 곳에 숨겨진 마음들, 생각들, 욕망들, 무의식들, 상처들, 본성들을 나조차도 알지 못했지. 나도 모르는 나를, 나도 이해할 수 없는 나를 당신더러 사랑해달라고 보채던 날들은 얼마나 어리고 유치했던가.

사랑이 사랑을 피곤케 하고, 마음이 마음을 밀어낼 때마다 나는 당신의 바닥에 무엇이 있는지 알려 하지 않은 채, 어쩌면 두려워서 일부러 외면한 채 내 마음 모난 곳과 날카로운 곳, 푹 꺼져 캄캄한 곳과 다치고 깨져 벌어진 곳만 당신에게 보여주었지. 그게 내 바닥인 줄 모르면서, 나는 쉽게 화내고 금방 울고 거짓을 말하고 혼자만 사랑하는 것처럼 광광거리고 소리 지르며 미쳐 날뛰었네.

그렇게 내 울퉁불퉁한 바닥은 결국 당신의 바닥이 되었을까. 울고 소리치며 밤하늘 모든 별들을 팔다리 휘둘러 깨뜨리던 그날, 부서진 별들의 파편 위에서 우리는 상처입고 피 흘렸지. 그 날카로운 바닥에서 당신과 나는 오래 울었네.

아직도 나는 부서진 별들이 유리조각처럼 빛나는 바닥에 엎드려 있어. 여기가 내 바닥임을 이제야 알았어. 다시는 당신을 여기로 끌어내리지 않을게. 미안해.

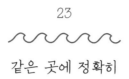

23

같은 곳에 정확히

무라타 하지메. 일본의 전설적인 루어낚시 명인이다. 그는 루
어낚시계의 슈퍼스타로 세계 각국을 돌며 낚시 기법을 전파
하고 장비를 보급한다. 우리나라에도 매년 '한국국제낚시박
람회' 참여와 각종 대회 참관, 강연 등을 위해 방문한다. 그의
강연은 항상 발 디딜 틈도 없이 많은 사람들로 붐빈다. 나도
낚시박람회에서 그를 몇 번 보았다. 같이 기념촬영을 하는데
가슴이 두근거렸다.

그가 전설로 추앙 받는 데는 여러 이유가 있지만 특히 마법
과도 같은 캐스팅 실력은 보는 이로 하여금 전율을 느끼게
한다. 그는 초등학생 때부터 멀리 떨어진 깡통이나 기둥을
맞추는 캐스팅 연습을 해왔다고 한다. 캐스팅만 십수 년 갈
고 닦은 것으로 알고 있다. 5미터, 10미터, 20미터, 30미터, 목
표지점이 가깝든 멀든 그의 캐스팅 자세는 한결같다. 손목의
힘과 스냅 조절만으로 멀리 있는 작은 원 안에 채비를 안착
시키는 솜씨는 그야말로 예술이다.

캐스팅은 낚시에서 가장 중요한 기술이다. 목표지점에 정확히 던져야 입질 받을 확률이 높아진다. 물론 캐스팅이 필요 없는 버티컬 지깅[1]이나 타이라바, 다운샷[2], 선상 외줄낚시[3] 등 '수직적 낚시'는 예외다. 그러나 붕어 낚시는 물론 바다 찌낚시, 일반적인 루어낚시, 갯바위 낚시, 원투낚시에서는 캐스팅을 잘해야만 한다.

수초 지대 사이의 좁은 공간에 채비를 정확히 던져 집어넣고, 수중바위에 바짝 붙여 접근시키고, 갯바위 홈통의 협소한 골창에 골인시키고, 상류 대각선 방향으로 던진 루어가 점점 하류로 흘러오며 입질 확률이 높은 물골 바닥에 안착하도록 물살의 흐름과 수심, 루어 무게, 부력을 계산해 캐스팅을 한다. 포인트라고 판단되는 지점을 계속해서 공략하려면 같은 곳에 정확히 던지는 캐스팅 능력이 필요하다.

마음도 그러하다. 당신의 마음을 열기 위해 나는 같은 곳에 정확히, 반복적으로 내 마음을 던져 보내야 한다. 바람이 불고 비가 내려도, 안개 속에서나 캄캄한 어둠 속에서나 당신의 마음이 있는 곳을 향해 나를 뻗어 보내야만 한다. 조금 못 미치면 더 성실하게 나아가고, 지나치면 들뜬 감정의 줄을 차

---

1. 루어의 일종인 메탈지그를 활용해 깊은 바닥층까지 채비를 내리는 낚시 방법
2. 무거운 봉돌을 채비 맨 아래에 달고 그 위에 바늘을 묶어 깊은 곳까지 내리는 낚시 방법
3. 다운샷과 비슷한 형태의 낚시 방법

분히 감아 들이면서, 엉뚱한 곳에 눈빛을 흘리거나 당신 아닌 곳에 미소를 던지지 않고 오직 당신만 보며, 당신 마음의 잔잔한 물결을 향해서 내 마음을 캐스팅해야 한다.

이제는 정말 잘 던질 수 있다. 그런데 캐스팅하려는 곳에 당신이 없다.

당신이 어디에 있는지 알 수만 있다면, 그곳이 까마득히 먼 어느 별의 모서리라 하더라도 나는 내가 가진 모든 빛나는 것들을 당신에게로 정확히, 한 번 두 번 천 번 만 번, 같은 곳에 정확히 캐스팅할 수 있을텐데.

24

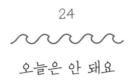

오늘은 안 돼요

낚싯배 선장이나 유료낚시터 사장, 또 낚시 가자고 나를 꼬드긴 친구가 저조한 조과에 내 눈치를 보다 대뜸 호탕하게 웃으며 하는 말이 있다. "지난주에 참 잘 나왔는데!"

그럼 지난주에 오라고 하지! 지난주에 잘 나왔다, 어제 대박을 쳤다, 엊그제 우당탕탕 쏟아졌다, 다음 주에는 분명히 잘된다, 다음 달에는 틀림없다, 다음에 오면 무조건 쿨러를 가득 채운다……

박화요비 노래 중에 "오늘은 안 돼요" 애타게 호소하는 대목이 있는데, 왜 정말 오늘은 안 되는 걸까. 왜 오늘만 안 될까. 왜 하필 오늘만 바람이 불고, 물때가 안 맞고, 너울파도가 치고, 물색이 맑고, 흙물이 끼고, 저기압이고, 냉수대[1]가 유입되고, 돌고래가 뛰놀고, 수달이 싸돌아다니고, 일본에 지진이 나

---

1. 주변 수온보다 5℃ 이상 낮은 수온의 해역

고, 고기들이 예민한 걸까? 어제는 안 그랬고 내일도 안 그럴 텐데 도대체 왜 오늘만 그러는지 나는 도저히 이해할 수 없다.

'오늘'이 문제가 아니다. 다 내 실력이 부족한 탓이다. 어제도 내가 머물던 오늘이고, 내일도 내가 발 디딜 오늘이다. "오늘만 안 된다"는 말은 그래서 틀렸다. 오늘 안 되는 나는 어제도 안 됐고, 내일도 안 될 것이다. 진짜 낚시꾼이라면 안 되는 오늘을 되게 해야 한다. 악조건 속에서도 어떤 방법이든 강구해 기어이 대상어를 잡아내는 게 낚시꾼이다.

좋았던 어제에서 벗어나지 못하는 사람, 오늘 빈곤한 현실은 외면한 채 내일의 풍요로움만 대책 없이 낙관하는 사람은 인생이라는 낚시터에서도 꽝을 칠 수밖에 없다. 낚시는 오직 순간에 최선을 다하는 정직한 노력이 자연을 미소 짓게 하는 행위다. 그때 자연이 우리에게 물고기를 선물로 주는 것처럼, 오늘의 삶에 충실하면 세상도 너그러워져 기회와 행운, 소중한 성공들을 머리맡의 양말 안에 넣어준다.

사랑의 갯바위, 연애의 강가에서도 똑같다. 달콤했던 어제에 취해 추억만 쫓는 동안 현실이라는 해일이 코앞까지 넘실거리며 밀려온 것을 나는 보지 못했다. 그녀는 불안해했지만 "오늘은 괜찮아. 어제 아무 일 없이 행복했잖아. 그리고 우리에겐 내일이 있으니까" 어릿광대가 띄워 올린 풍선처럼 나는 잔뜩 부풀어 오른 채 현실이라는 땅으로부터 두 발이 붕 떠 낭만과 몽상, 추억, 헛된 꿈에 대해서만 노래했다.

그녀는 나를 떠났고, 내가 알 수 없는 어딘가에서 오늘을 살고 있다. 나는 그녀 없는 오늘을 살면서 행복했던 지난날만 그리워하고 있다. 오늘을 사는 것이 아니라 오늘을 허비하면서, 내일을 일찌감치 유폐한 채 어떤 약속도 희망도 없이.

그러다 생각을 고친다. 오늘을 열심히 살면, 내일 또 내일, 수많은 오늘들이 지나고 맞이할 그 머나먼 어느 내일에라도 그녀가 돌아오지 않을까.

후회와 미안함만큼 오늘을 더 열심히 살자. 멋진 사람이 되자. 이제 정신 차리자고. 내가 망가뜨렸지만 한때 아름다웠던 세상, 먼 훗날 돌아보면 한 시절 빛났던 내 모습 그녀가 기억할 수 있도록.

25

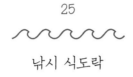

낚시 식도락

낚시가 즐거운 것은 낚시 때문만이 아니다. 나는 낚시를 가면 열심히 낚시하고, 맛있는 음식을 먹고, 천문대에서 별을 관측하고, 산사에 가 풍경소리를 듣고, 벚꽃 그늘 아래 낮잠을 자고, 오일장 구경을 하고, 시골 어르신들과 막걸리를 마시고, 석양을 한참 동안 감상한다. 나에게 낚시는 그 모든 행위들이 포함된 패키지여행이다.

여러 지역의 다양한 음식들을 맛보는 것은 낚시의 커다란 즐거움이다. 낚시에서 꽝치고 한없이 쓸쓸해진 영혼이 비로소 위로와 안식을 얻는 때는 맛있는 음식과 향기로운 술이 놓인 상 앞에 앉을 때다. 종일 강물을 거슬러 오르고, 갯바위를 옮겨 다니는 유격훈련 식의 고생을 마치고 먹는 음식은 정말 꿀맛이다.

아, 생각만 해도 침이 고인다. 눈을 감고 익숙한 그 집 간판과 입구와 내부를 그려본다. 사장님 얼굴을 떠올려본다. 부글부

글 끓는 냄비 속 따끈한 김이 모락모락 피어오르는 닭도리탕과 매운탕과 찌개와 전골을 생각한다. 그러면 정말 어디선가 그 음식 냄새가 나는 것 같다.

낚시를 갈 수 없는 추운 겨울날, 방구석에 앉아 상상 낚시나 하다가 물고기만큼 그리운 맛집들의 문을 추억 속에서 하나씩 두드려본다.

강원도부터 가볼까. 인제 용대리 '황태령'의 황태해장국과 황태구이는 정말 맛있다. 인제에서 광치고개를 넘어 양구 남면 가오작리에 가면 막국수와 수육이 일품인 '광치막국수'가 있다. 양구 읍내의 '처음처럼' 매운등갈비는 내 소울푸드다. 나는 조용하고 깨끗한 양구를 좋아한다. 수입천에서 꺽지낚시를 하고, 국토정중앙천문대에서 별을 보고, 매운등갈비를 먹고, 다음 날 박수근미술관에 들렀다가 '청수골쉼터' 산채비빔밥이나 '동면식당' 고기짬뽕을 먹는 코스는 매년 여름 가장 즐거운 이벤트다.

평창강으로 낚시를 가면 영월 한반도면 '순정식당'에서 염소전골을 먹는다. 황둔면 '병천장터순대'도 빼놓을 수 없는 집이다. 양양 수산항이나 기사문항에서 낚시한 후 하조대 구경 갔다가 어성전 계곡 근처 '어성전 멧돼지 구이'를 찾아 멧돼지 고기를 먹기도 한다.

충청도는 주로 금강이나 대청호에 루어낚시를 하기 위해 간다. 옥천 지수리 '등나무가든' 닭도리탕과 백숙 생각이 난다. 민박을 겸하는 집인데 등나무 아래 야외 테이블에 앉아 읍내에서 산 삼겹살을 구워 먹으면 황홀하다. 금산 '청풍명월'에 가 인공폭포 물줄기를 보며 인삼어죽과 도리뱅뱅이, 민물새우튀김과 함께 동동주를 마시고 싶다. 금강휴게소 유원지의 천막집에서 금방 투망질로 잡은 민물고기조림을 시켜 낮술 마시면 천국이 따로 없다.

경상도로 가볼까. 포항에 볼락 낚시를 가면 꼭 죽도시장 '장기식당'에서 소머리곰탕을 먹는다. 영천시장 '포항할매집' 곰탕도 종종 먹는다. 두 집 다 방송에 나와 더 유명해졌다. 통영에는 '금은성 돼지국밥'과 서호시장 '만성복집' 졸복국이 있다. 삼천포 '황금마차' 아귀찜도 맛있고, 경호강에서 쏘가리낚시를 즐긴 후 함양에서 먹는 '안의원조갈비집' 갈비찜도 끝내준다.

전라도에는 맛집이 너무 많다. 나는 전남 곡성과 전북 부안 위도를 뻔질나게 드나든다. 지갑 속 유일한 마트 멤버십 카드가 곡성 하나로마트 것일 만큼 자주 찾는 동네다. 섬진강 낚시를 가면 남원 '새집추어탕' 추어탕과 튀김으로 점심을 먹고, 저녁에는 곡성 '순자강민물매운탕'에서 닭도리탕이나 백숙을 먹는다. 내가 살면서 먹어본 닭도리탕 중에 그 집이 최고다. 다음 날 가게 이름이 그냥 '소머리국밥'인 곡성읍 식당에서 국밥을 먹거나 구례 '용궁가든' 재첩국으로 해장을 하고, 점심엔 곡성 '석곡식당' 석쇠돼지불고기를 먹는다. 석곡식당 가는 길은 언제나 설렌다. 때로는 순창 '장구목가든'에 가 요강바위 구경하며 꽃과 나물로 요리한 자연밥상을 즐기기도 한다.

담양 창평면의 4백 년 고택 하심당下心堂에 가 당주 송영종 어른이 빚은 석탄주惜呑酒를 마시며 오리탕 먹고 싶다. 마음을 내려놓는 집, 봄이면 연리목과 홍매화가 아름다운 그 오래된 한옥 생각이 난다. 무안 '두암식당' 짚불구이 삼겹살, 함평 '화랑식당' 생고기와 육회비빔밥, 여수 '약수산장' 닭구이, 순천 '나진국밥', 임자도 '목섬 닭집' 옻닭백숙, 부안 위도 '그래그집' 갑오징어볶음과 '서울식당' 아침백반, 절벽 위 카페 '쉐백'에서 백발의 노신사 사장님이 내려주시는 커피 생각이 간절하다. 낚시 가고 싶다. 아니, 먹으러 가고 싶다!

제주도야 워낙 많이 알려져 있지만, 내가 낚시 갈 때면 들르는 식당 몇 곳의 음식들을 새삼 아련하게 호명해본다. '신설오름' 몸국이여, '뽕이네 각재기' 각재기국이여, '대성아귀찜' 아귀찜이여, '오는정김밥' 멸치김밥이여, 협재 '송림식당' 고등어구이여, '금백조로가든' 점심 백반이여, '잠녀해녀촌' 성게보말죽이여, '함덕's 487' 제주 수제맥주여, 남원 '호야 화덕 피자' 콰트로 포르마지오 피자여, '뽕뽕식당' 잔치국수여, 먹고 싶다, 먹고 싶어!

하지만 정말 그리운 맛은 따로 있다. 갯바위에서 끓여 먹는 라면, 강변에 텐트를 치고 캠핑하며 구워 먹는 삼겹살, 코펠에 빠가사리, 모래무지, 마자, 꺽지, 피라미와 함께 가위로 청양고추, 무, 감자, 깻잎 뭉텅뭉텅 잘라 넣고 고추장으로 끓인 잡고기매운탕, 엄마가 붕어 많이 잡아오라며 참기름과 멸치 볶음과 깨소금 넣어 빚어준 주먹밥, 수상좌대에서 김치와 비엔나, 스팸 넣고 대충 끓인 부대찌개, 꽁꽁 언 얼음낚시 빙판 위에서 마시던 믹스 커피 한잔……

계절이 지나가는 하늘에는 음식들로 가득 차 있다. 음식 하나에 추억과, 음식 하나에 사랑과, 음식 하나에 쓸쓸함과, 음식 하나에 동경과, 음식 하나에 사랑하는 이의 얼굴과, 음식 하나에 다시 돌아갈 수 없는 날들……

사랑하는 이여, 당신과 함께 낚시터에서 먹은 음식은 전부 미슐랭 쓰리스타였다.

혼자 먹으면 왜 그 맛이 나지 않을까. 홀로 앉은 물가에서 삼각김밥이나 먹다가 나는 종종 목멘다.

그럴 때는 아버지와 함께, 친구와 함께, 애인과 함께 먹었던 낚시터의 모든 음식들이 몹시 그립다.

26

쏘가리 만나고 가는
사람같이

"연꽃 만나러 가는 바람 아니라 만나고 가는 바람같이, 엊그
제 만나고 가는 바람 아니라 한두 철 전 만나고 가는 바람같
이" 내가 좋아하는 서정주의 시 「연꽃 만나고 가는 바람같
이」의 한 구절이다. 술 마시다가 대뜸 감상적이 되어 이 시를
암송할 때가 있다. 다행히 분위기가 싸해지거나 좌중에서 웃
음이 터지거나 하는 일은 없다.

사랑의 들뜸과 행복보다 이별의 차분함과 슬픔이 더 아름다울 수 있음을 이 시를 통해 깨달았다. "연꽃 만나러 가는 바람 아니라 만나고 가는 바람같이"라니, 그 바람 얼마나 섬세한 결을 지녔을까. 만나러 가는 바람은 머리 파랗게 깎은 사춘기 소년마냥 거침없이 달린다. 만나고 가는 바람은 머리가 하얗게 센 노인의 돌아 걷는 걸음처럼 쓸쓸하다. 낚시하러 가는 사람과 낚시하고 가는 사람의 모습도 소년과 노인만큼 그 대비가 극명하다.

낚시하러 가는 길보다 행복한 꽃길도 없다. 운전 중에 절로 콧노래가 나온다. 너무 신이 나다 보니 차 안에서 버스커버스커의 「벚꽃 엔딩」을 크게 틀어놓고 "사랑하는 연인들이 많군요 알 수 없는 친구들이 많아요 흩날리는 벚꽃잎이 많군요 좋아요" 이 노랫말을 "사랑하는 쏘가리가 많군요 물고기 친구들이 많아요 여기저기 입질들이 많군요 좋아요"로 개사해 목청껏 부르곤 한다.

하지만 낚시하러 갈 때의 설렘과 흥분은 막상 낚시터에 도착해 채비를 던지고 나면 실망과 분노로 변한다. 쏘가리 한 마리 보기가 이렇게 힘들 줄이야. 누치, 끄리, 강준치같이 하나도 안 반가운 물고기 친구들하고만 인사하고 결국 낚싯대를 접는다. 서울로 돌아가는 차 안에서 나는 "상념 끊기지 않는 사색의 시인"이 되어 "일몰의 고갯길을 넘어가는 고행의 수도승"처럼 침묵에 잠긴 채 차창 밖 노을을 바라본다. 정태춘의 「시인의 마을」을 들으며, 그 노래에 겨우 위로 받으며 쓰린 가슴을 문지른다.

실패를 친근하게 받아들이는 법, 이별을 담담하게 인정하는 법을 나는 아직 배우지 못했다. 쏘가리 만나러 가는 사람 아니라 만나고 가는 사람같이, 엊그제 만나고 가는 사람 아니라 한두 철 전 만나고 가는 사람같이, 조과에 미련을 갖지 않고 잡으나 못 잡으나 만족하면 안 될까, 쏘가리를 만나지 못해도 만난 것 같은 행복감을 품에 안고 돌아설 수 없을까. 아름다운 세상에서 자연의 일부가 되어 낚시를 즐겼다는 사실만으로 감사할 수는 없는 걸까.

"당신을 만나러 갈 때의 그 설레던 마음을 나는 아직도 잊지 못합니다. 세상은 온통 빛나는 것들뿐이고, 나는 은빛 나무들이 이룬 숲속을 달렸지요. 한 호흡에 사랑을, 또 한 호흡에 영원한 삶을 마시면 어깨에서 날개가 돋아, 어느새 나는 온몸이 투명한 새가 되어 당신이 사는 옥탑방까지 날아가곤 했습니다.

당신을 만나고 가던 그 밤에는 비가 내렸지요. 아주 영 이별은 말고 어디서라도 다시 만나기로 하는 이별을 바랐지만, 영영 이별이 되었습니다. 그 사실이 견딜 수 없도록 마음을 아프게 해요. 이 세상에 내리는 검은 비는 언제쯤 그칠까요. 부러진 날개는 다시 돋아나지 않겠지요.

당신의 부재를 견디기 힘들어 우리의 아름다운 추억마저 부정하고 외면해왔습니다. 아무리 없던 일로 믿고 싶어도 결코 없던 일이 될 수 없는 그 시간들, 이제야 알겠습니다. 지금 우리는 지구별의 끝과 끝에 서서 다시는 마주볼 수 없지만, 우리가 함께 살았던 몇 개의 계절들이 내 남은 평생을 비추는 태양이 될 것이라는 사실을요.

고맙습니다. 지난날 내게 준 모든 친절과 미소, 그 눈빛들, 나를 믿어준 소중한 마음, 생일 선물로 낚싯대를 내 손에 쥐어주던 작고 예쁜 손, 잊지 않을게요. 그 기억으로 나는 뼈아픈 세월을 견뎌내고, 지난날보다 더 멋진 사람이 되어 언젠가 저 별의 끝에서 당신을 만나게 될 때 넉넉히 손 흔들어 인사할 겁니다.

그때, 내 인사 받아줄 수 있나요?"

2부

하늘과 바람과 별과 낚시

낚시를 인생의 축소판이라고도 한다. 뜻하지
않은 행운이 찾아올 때도 있고, 경험과 지식,
완벽한 계획이나 준비가 무용지물이 되기도
한다. 내 뜻대로 되는 게 아무것도 없다.
한 번의 성공을 위해 아흔아홉 번 실패를 견디는
불가해한 노력이라는 점에서 낚시는 인생과
무척 닮아 있다.

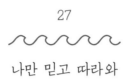

나만 믿고 따라와

낚시 데리고 가달라는 사람들이 정말 많다. "낚시 한번 따라가고 싶다"는 그들의 말에 나는 늘 "조만간 꼭 가자"는 마음에도 없는 대답을 하고 그 난처한 상황을 모면한다. 같이 낚시 한번 가는 게 어려운 일은 아니다. 갔다가 다시는 안 간다고 할까봐 걱정이 돼서 그런다. 나는 한 사람의 낚시꾼으로서 비낚시인들이 가진 낚시에 대한 환상을 지켜줘야 한다. 또다른 걱정도 든다. 낚싯대 펴주고, 바늘 묶어주고, 미끼 끼워주며 시중드는 '황제낚시'에 맛 들려 자꾸 따라와 나를 귀찮게 하면 어떡하나, 하는 것이다.

이상과 현실의 간극이 너무 커 실망할까봐 낚시를 잘 데리고 가지 않는다. 낚시를 경험해보지 않은 사람들이 가진 낚시의 판타지는 대개 이런 것들이다. 선상낚시에서 잡은 물고기를 바로 회 떠서 소주 한잔 마시는 풍류, 한번 던질 때마다 한 마리씩 잡는 '일타일피' 마릿수 조과, 시작한 지 몇 분 만에 바로 물고기를 잡는 행운, 어마어마하게 큰 대어를 낚는(보통 고

래나 상어를 희망한다) 대물 낚시의 꿈, 쾌청한 바람을 맞으며 자연 속에서 우아하게 휴식하는 '힐링', 저수지 좌대에서 낭만을 만끽하는 연인과의 낚시 데이트, 흐르는 물과 찌를 바라보며 마음을 정돈하는 깊은 사색⋯⋯

뻥! 다 뻥이다. "여러분, 이거 다 거짓말인 거 아시죠?" 안 그래도 어려운 낚시를 4대강사업으로 더 어렵게 만든 MB의 말을 빌려 고백한다. 낚시의 이상과 현실 사이 괴리는, 라면 겉봉의 연출된 조리 예와 실제 조리물의 차이만큼 확연하다. 무료함, 불편함, 지저분함, 피곤함, 허무함에 대한 마음의 준비 없이 낚시를 따라나서면 환상은 모두 깨지고 낚시를 향한 환멸만 남게 된다.

선상낚시에서 뱃멀미를 경험하면 다시는 바다에 오고 싶지 않게 된다. 비싼 승선비 내고 선실에 누워 골골거리는 것만큼 돈 아까운 일이 또 있을까. 여름엔 땀과 엔진 열기와 바다의 소금기에 온몸이 끈적거리고, 겨울엔 춥다. 자리 잘못 잡고 앉았다가 바닷물에 뺨 맞고 흠뻑 젖기라도 하면 또 선실에 가서 담요 덮고 눕는 수밖에 없다.

체험낚시 배를 타면 선장이 가자미, 보리멸, 노래미, 전갱이 같은 물고기들을 막썰이회로 내기도 하지만 웬만한 낚싯배들은 라면에 김밥 또는 차갑게 식은 도시락, 분홍 소세지전에 멸치볶음과 공깃밥 정도가 주 메뉴다. 배 위에서 무늬오징어나 한치를 썰어 소주 마시면 진짜 황홀하긴 한데, 이제는 선상 음주가 법으로 아예 금지되었다. '선상 회와 소주 한잔'은 실현 불가능한 로망인 것이다.

한 번 던질 때마다 한 마리씩 잡는 날도 있다. 선상 열기 낚시나 주꾸미 낚시, 활성도 좋은 곳에서의 꺽지 루어낚시, 피라미나 빠가사리 대상으로 하는 강 밤낚시에서는 '일타일피'의 행운을 만나기도 한다. 낚시를 시작하자마자 고기가 물 때도 있다. 아침 피딩타임 첫 캐스팅에 쏘가리를 잡은 적이 여러 번 있었다. 이런 특별한 경우들을 제외하면 낚시는 대부분 한없는 기다림이자 맹목적인 헛수고, '소리 없는 아우성'이다. 따분함과 실망감이 나를 향한 원망으로 바뀔 것이 염려돼 나는 좀처럼 낚시에 초심자를 데려가지 않는다.

같이 사회인 야구를 하는 동료들과 포항에 볼락 루어낚시를 간 적이 있다. 다들 낚시 경험이 없었다. 낚싯대를 하나씩 빌려주고, 릴 조작법부터 낚시 요령을 매우 친절하고 자세하게 설명해주었다. 설명 후에는 몸소 볼락을 잡아내는 시범까지 보였다. 하물며 그 포인트는 던지는 족족 무는 곳이다. 그런데 셋이서 몇 시간 동안 한 마리도 못 잡는 게 아닌가. 이 사람 줄이 꼬여 봐주고 있으면 저 사람 밑걸림에 당황하고 있고, 이쪽 밑걸림을 해결하고 있으면 저쪽에서 또 바늘이 등허리에 걸려 자기가 자기를 낚고 있었다. 여자 컬링 대표팀이 "영미!" 외치듯 여기저기서 내 이름을 불렀다. 이러다 저녁 안줏거리도 장만 못하겠다 싶어 그 '혼돈의 카오스'를 그냥 방치한 채 나 혼자 마릿수 낚시를 했다. 철수할 때 보니 ○○병원 핵의학과에 재직 중인 '닥터 유'가 내 애장품 낚싯대를 부러뜨리고는 멋쩍은 표정을 짓고 있었다. "괜찮아요, 형" 말하면서 속으로는 '핵분노'와 '핵펀치'가 끓어올랐다.

그렇게 낚시의 어두운 민낯을 마주한 이들은 더 이상 낚시 가자는 말을 하지 않는다. 저조한 조과와 낚시의 기술적 난도難度는 초심자들이 낚시를 금방 포기하게 되는 결정적 요인이다. 같이 선상 흘림낚시를 간 친구가 G2 좁쌀봉돌[1] 하나만 물린 낚싯줄이 바람에 휘날리는 통에 줄 잡는 데만 십여 분 걸리는 걸 목격한 적도 있다. 조과와 기술의 어려움 외에도 오감을 불쾌하게 자극하는 외부적 작용들도 수두룩하다.

—

1. 0.310g짜리 초경량 미세 봉돌

녹조로 뒤덮인 강을 보고, 물풀 썩는 냄새와 떡밥 비린내 따위 악취들을 맡고, 바지선 작업하는 소음을 종일 듣고, 구더기와 지렁이 등 징그러운 미끼를 만지고, 입 안으로 날벌레가 날아들어 본의 아니게 단백질 섭취를 하고 나면 '힐링'이나 사색이 될 리 만무하다. 당장 닥친 어려움을 극복해야겠다는 생각밖에 들지 않는다. 그래서 낚시는 사유가 아닌 감각과 본능의 행위다.

낚시꾼이여, 연인과의 낚시 데이트를 계획하고 있다면 심각하게 다시 고민해보라. 웬만한 저수지 좌대에는 수도 시설도 없고 화장실마저 열악하다. 최악은 요강이고 그나마 최선이 이동식 변기 또는 거품발생식 좌변기다. 낚싯배는 더 심하다. 오래된 배를 타게 되면 푸른 파도가 밑을 닦아주고 염분 소독까지 해주는 '바다 비데'를 체험할 수도 있다. 갑판에 뚫린 네모난 구멍을 판자때기로 개폐하는 자연주의적 화장실에서 사랑하는 연인이 원시적으로 용변을 해결하는 모습을 당신은 볼 수 있겠는가. 연인에게 당신의 '응가'가 에메랄드빛 물살 위로 흘러가며 물고기 떼를 불러 모으는 장관을 보여줄 수 있겠는가. 볼 꼴, 못 볼 꼴 다 보게 되면 결혼하거나 헤어지거나 둘 중 하나다.

낚시는 고난 중의 고난이다. 한두 번 해서는 익숙해지기도 어렵고, 익숙해지기까지 겪어야 하는 어려움이 대단하다. 괜히 낚시 데려갔다가 내 소중한 지인이 내가 사랑하는 낚시를 향해 야멸치게 손가락질하고 고개를 가로젓게 될 게 겁나 나는 주로 혼자 다닌다.

아, 낚시 안 데려가는 변명이 너무 길었다. 혼자 가기 정말 싫을 때는 친구를 어떻게든 속여 낚시 가게 하려고 "하나도 안 힘들다, 좌대와 낚싯배와 갯바위가 얼마나 편한지 아느냐, 넣으면 나온다, 던지는 족족 잡는다"는 감언이설을 아무런 죄의식 없이 뱉곤 했다. 그런데 사실 낚시는 힘들다. 불편하다. 못 잡아서 지루하고 재미없다.

그럼에도 불구하고 낚시를 따라오겠다면, 어쩔 수 없다. 잘 잡히고, 쉽고, 맛있게 먹을 수 있고, 잠자리와 화장실 편하고, 자연경관 빼어나고, 낚시 환경이 쾌적한 '호텔 낚시터'를 찾기 위해 나는 밤을 새워 위성지도를 보고, 바다 물때표를 보고, 인터넷 조행기를 읽고, 채비와 음식을 준비하고, 두꺼운 침낭과 깨끗한 이불을 챙겨 이른 아침 당신의 집 앞으로 데리러 갈 것이다.

그러니, "나만 믿고 따라와!"

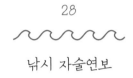

28

낚시 자술연보

1987-1996

아버지는 어린 나를 낚시터에 데리고 다니셨다. 너무 어릴
때라 기억도 나지 않는 풍경들을 오래된 사진에서 본다. 그
시절 나는 아버지 곁에서 뜰채로 물을 휘휘 젓거나 족대를
가지고 놀곤 했다. 제대로 낚싯대를 손에 쥔 것은 아홉 살 무
렵이 아니었을까. 한 칸짜리 낚싯대조차 너무 커서 쩔쩔매던
소년은 아버지가 달아준 멍텅구리 채비를 던져놓고 찌가 움
직이기를 기다리며 낚시에 빠져들었다. 그것은 동네 골목서
친구들과 하던 술래잡기, 연날리기, 팽이치기, BB탄 총싸움
따위보다 훨씬 즐거운 일이었다.

내 장난감은 신장떡밥, 깻묵, 어분, 자바라 물통, 찌, 고무 떡
밥그릇, 케미라이트, 뜰채, 살림망, '두더지'라 불리던 원투낚
시 받침대, 낚시 방울, 붕어 부레 같은 것들이었다. 그것들을
만지고 냄새 맡고 이리저리 들여다보면서 자연과 친해졌다.

물비린내와 흙 내음 속에서 아무 걱정도 구김살도 없이 마음껏 뛰놀며 자랐다. 자연보다 좋은 친구는 없었다.

여름이면 온 가족이 봉고차를 타고 물가로 피서 여행을 갔다. 양구 파서탕, 파로호, 수입천, 인제 피아시, 내린천, 홍천강 밤벌, 모곡, 양양 공수전, 괴산 화양구곡, 지리산 피아골 등 차고 맑은 강과 계곡물에서 캠핑과 낚시를 즐겼다. 어느 해에는 엄마 고향인 완도에 가 청산도, 보길도의 이름 모를 갯바위에서 바다낚시는 물론이고 초평리 청둥골이라는 작은 개천과 완도수목원 앞 저수지에서 민물낚시를 하기도 했다.

아버지와 팬티 바람으로 물에 들어가 바윗돌이나 수풀에다 족대질을 하면 작은 강고기들이 여름 햇살 속에서 은빛 비늘을 반짝였다. 칠흑 같은 밤중에 험한 산길을 한참 들어가 계곡에 낚시를 던지면 찌가 물에 닿기 무섭게 깔딱메기들이 지렁이를 물고 올라왔는데, 어둠 속에서 이리저리 춤추는 야광찌 불빛은 지금 떠올려도 가슴을 뛰게 한다. 그것은 애니메이션 영화 〈반딧불이의 묘〉의 한 장면처럼 황홀했다. 아버지와 함께 고무보트를 타고 노을이 엎질러진 강물 위를 미끄러져 가면 물 냄새와 고무보트 냄새, 노 젓는 소리, 역광의 석양으로 새가 날아가는 풍경까지 세상이 온통 아름다웠다.

1997-2002

중학교에 들어가면서 IMF 사태가 터졌고, 사업 부도를 맞은 아버지는 지방을 전전하며 온갖 장사를 하시게 되었다. 주말마다 다니던 아버지와의 낚시는 그렇게 중단됐다. 친구들과 어울려 노는 게 가장 즐거운 사춘기 시절, 마음 한편에는 늘 낚시에 대한 그리움이 있었다. 그때부터 나의 '낚시 독립'이 시작됐다. 창고에서 먼지를 뒤집어쓰고 있는 아버지의 낚시 가방을 들고 사당역을 출발해 화성 발안저수지까지 가는 버스에 올랐다. 고등학생이 돼서는 오토바이를 타고 한강 서래섬이나 지금은 기무사령부가 들어서면서 출입이 통제된 과천 주암 낚시터, 문원 낚시터 등에 다녔다. 대상어종은 붕어였다. 낚시터에서 아저씨들에게 혼날까봐 몰래 술을 마셨고, 때로는 그 아저씨들이 종이컵에 페트병 소주를 콸콸 따라주기도 했다.

2003-2005

스무 살엔 일찍 오너드라이버가 된 친구들의 소나타1, 엑센트, 티코 등을 얻어 타고 낚시를 다녔다. 안면도 고남수로, 공주 유구천, 가평 현리, 대성리 등에 텐트를 치고 라면 끓여 소주 마시며 낚시한 추억들을 잊을 수 없다. 그때 나의 꾐에 넘어가 낚시 따라왔다가 생고생한 친구들은 지금도 낚시라면 손사래를 친다. 아버지 낚싯대로만 낚시하던 내가 내 손으로 처음 내 낚싯대를 샀던 것도 그 무렵이다. 용성 슈퍼포인트

두칸반대[1], 얼마나 어루만지고 아꼈는지 모른다.

2006-2007

내 차가 생기고서부터 더 부지런히 낚시를 다녔다. 가족 공
동 소유였지만 내가 독점했으니 내 차나 다름없었다. 친구
들은 똥색이라고 놀린, 내 눈에는 금빛이 근사한 중고 레조
LPG차를 타고 정말 여기저기 많이 다녔다. 아예 차에서 먹
고 자며 전국일주 여행을 하기도 했다. 낚시는 가고 싶고 주
머니는 가볍던 이십대 초반, 사당동에서 가까운 화성 덕우지
에 가 '도둑 낚시'를 종종 하기도 했다. 관리인도 잠든 새벽
한 시쯤 슬그머니 잔교좌대에 대를 펴고 동틀 무렵까지 붕어
몇 마리를 잡은 후 관리인이 깨기 전 철수하는 식이었다. 낚
시요금을 안 내려는 꼼수, 늦게나마 반성한다.

엄마 고향인 완도에 갈 때면 현지인들이 하는 것을 어깨 너
머로 보며 시골집 농기구 창고에서 꺼낸 바낙스 군도 3호 원
투대[2]에 전유동[3] 채비를 하고 숭어 몇 마리를 잡아내기도 했
다. 붕어 낚시보다 재밌지는 않았다.

---

1. '용성'은 낚싯대 회사 이름, '슈퍼포인트'는 낚싯대 제품명, '두칸반'은 낚싯
  대 길이를 뜻한다
2. '바낙스'는 낚시 회사 이름, '군도'는 낚싯대 제품명, 3호는 낚싯대 규격, 원
  투대는 멀리 던지는 용도의 낚싯대
3. 수심 전층을 탐색할 수 있는 바다 찌낚시 채비법

2008-2011

루어낚시에 관심을 갖게 된 것은 이십대 중반부터다. 남들처럼 배스 낚시로 시작했는데, 이른바 '국민 세트'라던 엔에스 빨갱이 로드[1]와 시마노 에어노스[2] 2000번 릴을 장만했다. 신갈저수지와 대호만, 한강에서 몇 마리 잡고서는 크게 흥미를 못 느껴 그만두었다. 사실 배스 루어낚시는 스포츠적 요소가 다분한, 역동적이고 매력적인 낚시인데 정적인 붕어 낚시에 오래 길들여진 탓에 내가 적응을 못 한 것이다.

장교로 군 복무를 하던 3년 4개월 동안은 거의 낚시를 못했다. 강원도 양구에 사람 손이 타지 않은 천혜의 낚시터들이 얼마나 많은데, 초급장교의 주말 취미 활동이나 자가 차량 운전을 제한했던 부대 방침이 야속했다. 그나마 전역을 몇 달 남겨두고 통제가 좀 느슨해져 하루는 차를 몰고 부사관들과 함께 수입천에 빠가사리 낚시를 갔다. 꽤 잡았다. 관사로 돌아가 매운탕 끓여 먹을 생각에 과속한 것이 문제였다. 캄캄한 지방국도 커브길에서 속도를 못 줄이고 교명주와 들이받아 대퇴골이 동강나고 무릎이 으스러졌다. 군 병원에서 두 차례 수술 받고 내내 누워 지내다 만기 전역했다. 지금 걷고 뛰는 데는 아무 지장이 없다.

—

1. '엔에스'는 낚싯대 회사 이름이고 '빨갱이'는 당시 인기 있던 낚싯대의 별칭이며 '로드rod'는 낚싯대를 뜻하는 영단어
2. '시마노'는 일본 낚시 용품 회사 이름, '에어노스'는 릴 제품명

전역 후에는 대학원에 다니며 공부하고, 그동안 소홀했던 시도 열심히 쓰고, 먹고살고자 취직해 돈 벌면서 낚시를 거의 하지 못했다. 그러면서 석사학위를 받고, 박사과정에 진학하고, 시인으로 등단하고, 문학평론가로도 데뷔했다. 아버지가 귀촌해 민박을 운영하시는 대호만에서 붕어 낚시를 하거나 여름휴가 때 계곡에서 싸구려 견지대로 피라미를 잡거나 가끔 바다 원투낚시를 하면서 근근이 명맥을 유지했다. 일 년에 서너 번밖에 낚싯대를 잡지 못했다.

잠자던 낚시 열정에 다시 불이 활활 타오르기 시작한 것은 쏘가리를 만나면서부터다. 어느 날 마음이 번잡해 홍천강 고주암교 아래 텐트를 치고 낚싯대를 폈다. 어김없이 술을 마시고 다음 날 아침, 그 언젠가 홍천강 굴지슈퍼에서 샀던 노란색 싸구려 루어낚싯대가 트렁크에 있는 것을 발견했다. 릴에 쌓인 먼지를 털고, 웜을 끼운 지그헤드를 묶어 던졌더니 탈탈 터는 손맛과 함께 꺽지 몇 마리가 잡혔다. 몹시 흥분되었다. 지나가던 동네 노인이 "다리 밑으로 던지면 쏘가리도 나온다"고 한마디 했는데, 괜히 승부욕이 발동했다. 그때부터 나의 쏘가리 추적은 시작됐다.

대학원 은사이신 전영태 교수님을 따라 섬진강으로 쏘가리 낚시를 가기도 하고, 혼자 이곳저곳 다니며 애를 써보기도 했지만 쏘가리는 좀처럼 잡혀주지 않았다. 아홉 번 연속으로 꽝을 치고 나서야 겨우 한 마리 쏘가리를 잡아냈고, 그 짜릿한 희열에 완전히 중독되고 말았다. 그러다 평소 우상이던 쏘가리 낚시 전문가 이찬복 프로를 만나고, '팀쏘가리' 카페에서 활동하면서 좋은 낚시 친구들을 사귀게 되었다. 거금을 들여 새 낚싯대와 릴을 마련했다. 웨이더와 웨이딩부츠, 전용 조끼까지 사서 구색을 갖췄다. 나는 붕어 낚시꾼에서 쏘가리 낚시꾼으로 완전히 전향했다. 섬진강에서 5짜 쏘가리를 잡은 것은 2015년 11월 3일의 일이다.

2016-2017

그야말로 취미 활동의 폭발적인 대중흥기. 금어기를 제외하고 거의 매주 섬진강과 금강으로 쏘가리 낚시를 다녔다. 그러면서 바다 루어낚시에도 재미를 붙여 여름부터 가을까지 서해의 갯바위를 누비며 광어, 우럭, 농어, 노래미 등을 잡고, 겨울에는 포항, 통영, 여수 등 동해와 남해를 드나들며 볼락 낚시를 했다. 해야 할 낚시가 너무 많아 매주 어디로 가야 할지 행복한 고민을 했다.

밸리보트까지 장만하는 바람에 더 분주해졌다. 섬진강에 가서 하루는 웨이딩을 하고, 다음 날 오전에 밸리보팅을 즐긴 후 올라오는 길에 군산이나 태안에 들러 우럭 몇 마리를 잡고 귀가하는 강행군이 계속됐다.

제주도와 가거도에서 타이라바로 참돔과 미터급 부시리를 잡고, 대물 농어를 만나기도 했다. 무늬오징어 에깅, 선상 흘림낚시, 찌낚시 등 바다에서 할 수 있는 여러 장르의 낚시를 즐겼다.

낚시 중독자, 아니 낚시에 미친놈처럼 지냈다. 섬진강에서 쓰던 쏘가리 낚싯대를 들고 노르웨이 여행을 가 커다란 금빛 대구를 잡아낸 것도 이 시기의 찬란한 낚시 성과다.

2018-

1월부터 제주도에 가 선상 흘림낚시로 긴꼬리벵에돔을 많이 잡았다. 타이라바로 참돔과 옥돔, 쏨뱅이도 여러 마리 잡았다. 여수와 포항에서 볼락을 잡았다. 이 글을 쓰고 있는 지금은 3월 초, 이제 보름 정도만 지나면 쏘가리 낚시 시즌이 시작된다. 봄이 오는 것을 알아차리고 온몸을 떨며 꽃망울을 터뜨리려는 벚나무처럼 나도 안달이 나 미치겠다. 지금 잠들어서 3월 말에 깰 수 있다면 얼마나 좋을까! 이 책이 나올 즈음에는 어느덧 늦여름 석양의 꼬리가 길어져 있을 테고, 나는 아마 강가에 텐트를 치고 밤낚시를 즐기고 있을 것이다.

올해엔 쏘가리 낚시는 조금 줄이고 갯바위 루어낚시의 빈도를 높여볼까 한다. 무늬오징어 에깅 낚시도 더 자주 다닐 생각이다. 정말 해보고 싶은 낚시는 돌돔 원투낚시인데 장비가 비싸고 포인트도 대부분 원도권[1]이라 진입 장벽이 높게 느껴진다. 기회가 된다면 꼭 한번 배워보고 싶다. 해외 낚시에 대한 꿈도 조금씩 꾸는데, 내가 아는 가장 멋진 해외 원정 낚시꾼 엄일석 군과 함께 몽골에 타이멘[2] 잡으러 갈 내년 여름이 몹시 기다려진다.

내 낚시가 점점 전문화되면서 고급어종과 대어 쪽으로 자꾸만 기울어지는 편력을 어쩔 수 없다. 낚시에 대한 자의식이 지나쳐 초보자들과 생활 낚시를 무시하는 사람들을 종종 보곤 하는데, 나는 절대 그렇게 되지 말아야겠다고 늘 마음을 다잡는다. 여름철 피서지에서 대충 던진 낚시로 모래무지, 마자, 빠가사리 잡던 즐거움을 잊는 순간 내게 낚시는 더 이상 순수한 취미가 아닌 타인과의 경쟁이자 실패해선 안 되는 과제가 될 것이다. 그렇게 되는 것을 원치 않는다.

누가 그랬던가. 낚시꾼은 붕어 낚시로 입문하여 여러 낚시들을 헤매다 결국엔 붕어 낚시로 돌아오게 된다고. 그것은 꼭 붕어 낚시가 절대적으로 매력적이어서가 아니다. 어떤 낚시든 처음 배운 낚시가 이상적인 '낚시의 원형'으로 내면에 각인되는 법이다. 낚시를 처음 했을 때 모든 것이 즐겁고 경이롭던 순수함, 대부분 낚시꾼들이 비슷한 풍경으로 마음속에 간직한 어린 시절 아버지와의 추억 등 때 묻지 않은 초심을

---

1. 멀리 떨어진 섬. 가거도나 만재도 등이 원도에 해당
2. 몽골의 괴물 물고기로 알려진 연어과의 어류

향한 그리움이 결국 처음 낚시를 배운 물가 쪽으로 등을 떠민다는 의미일 것이다.

'처음 낚시를 기억하기' 이것이 앞으로의 낚시 목표다. 조과에 연연하지 않고, 낚시하는 그 순간을 즐기려 한다. 다른 낚시에 빠져 있느라 외면했던 붕어 낚시도 다시 다녀야겠다.

어릴 때는 몰랐다. 어른이 되어 혼자 낚시를 다니게 되니, 어린 시절 나를 키운 것은 팔할이 낚시였음을 알겠다. 낚시가 스승이고 학교며 책이었다니! 아버지가 내게 준 가장 큰 가르침도, 가장 깊은 감명도, 가장 진솔한 이야기도 모두 낚시 속에 있었다. 나 스스로가 멋있다고 느낀 순간들 대부분도 낚시에 몰두하고 있는 나를 발견할 때였다. 낚시는 세상에서 자신감을 잃고 움츠린 내 어깨를 두드려주었다. 내가 외로울 때면 강물이 나를 위로하며 내 곁으로 와 누웠다. 찌 올림과 케미라이트 불빛, 물속으로 꾹꾹 처박는 짜릿한 손맛, 아가미 뻐끔거리던 물고기가 다 내 친구들이었다. 사랑한다. 잊지 않으려 한다.

낚시는 그때나 지금이나, 앞으로도 내게 최고의 휴식이자 충전이다. 쉼이고 숨이며 삶이다. 물과 함께 있을 때면 모든 잡념이 사라진다. 내 감정을 필터로 거를 필요도 없다. 그저 행복하고 즐거워하기만 하면 된다. 이 마음을 계속 간직하고 싶다.

나는 오늘도 아름다운 꿈을 꾼다. 내 아버지가 그랬던 것처럼 나도 내 아들의 손에 낚싯대를 쥐여주고, 말없이 물 위로 내려앉은 노을을 바라볼 어느 저녁을 그려본다. 그러려면 결혼부터 해야 하는데, 6짜 돌돔 잡는 것보다 더 어려운 일이다.

앞으로 채워나갈 낚시 자술연보에는 아내도 등장하고 아들도 등장했으면 좋겠다. 친구 박진형 군과 황종권 군 이름은 좀 덜 나와도 괜찮다.

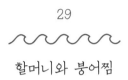

29

할머니와 붕어찜

유년기를 돌아보면 마음 한곳에서 붕어 비늘이 반짝인다. 아니 붕어 냄새가 난다. 비린내가 아니라 매콤한 양념에 버무려진 그 고소한 냄새!

아버지 덕분에 밥상에 붕어가 참 많이 올라왔다. 조부모를 모시고 살았는데, 특히 할머니가 시래기와 무, 묵은지 넣은 붕어찜을 정말 좋아하셨다. 할머니뿐만 아니고 온 가족의 별미였다. 붕어찜도 있고, 매운탕도 있었다. 아버지가 잡아온 빠가사리, 모래무지, 메기 넣고 끓인 매운탕은 어린 내 입맛에 맞지 않았지만, 매운탕 국물에 끓인 라면은 환상적이었다. 지금도 그 맛을 잊지 못해 민물매운탕 끓이면 꼭 라면사리를 넣는다. 매운탕 라면의 깊고 진한 맛을 나는 여덟 살 때 벌써 알아버린 것이다.

시래기, 무, 묵은지, 대파, 청양고추, 감자, 마늘, 고춧가루와 간장 양념을 넣고 솥에 푹 쪄낸 붕어찜은 그야말로 우리 집의 '시그니처 메뉴'였다. 어린 내게 붕어는 가시가 많아 먹기 힘들었지만 엄마가 찢어주는 묵은지를 밥에 올려 먹으면 밥이 달았다. 양념이 배어든 무는 또 얼마나 맛있던지. 감자를 건져 먹는 즐거움도 빼놓을 수 없었다. 외삼촌은 엄마가 만든 붕어찜이 "세상에서 제일 맛있는 진미"라고 했는데, 그의 고향이 완도 바닷가라는 점을 생각하면 엄청난 전향적 자각, 아니 전향적 미각이 아닐 수 없다.

일요일 오후면 베란다나 화장실에서 아버지가 붕어 손질하는 걸 물끄러미 바라보곤 했다. 그러다 붕어 부레 하나 얻어서 풍선처럼 가지고 놀았는데, 지금 생각해보니 좀 잔혹하다. 아버지가 붕어 손질하는 동안 엄마는 장에서 시래기, 우거지 따위를 사와 요리 준비를 했다. 활짝 열어놓은 창으로 늦봄의 햇살과 함께 참새 소리, 개 짖는 소리, 동네 아이들 뛰어노는 소리, 옆집 멸치 볶는 냄새, 아랫집에 배달온 가스통 굴러가는 소리가 함께 쏟아져 들어오던 그때, 나는 참 행복했다.

아버지가 가족들과 떨어져 살게 되면서 붕어찜도 밥상에서 자취를 감췄다. 할머니도, 엄마도, 지척에 살던 외삼촌도 몇 년 동안 아쉬운 입맛만 다셨다. 내가 고등학생이 되어 혼자 채비를 꾸려 낚시를 가게 됐을 때 비로소 붕어찜은 가족의 밥상 위로 돌아왔다. 가스레인지에 다시 솥이 끓고, 매콤하고 고소하면서도 살짝 비린 냄새가 집안을 가득 채웠다. 붕어찜과 함께 할머니의 입맛도, 엄마의 즐거운 분주함도, 외삼촌의 파안대소도 돌아왔다.

우리 집 붕어찜에는 특별한 '비기'가 있는 모양이다. 안성 금광저수지변과 양평 두물머리의 유명한 집에서 붕어찜을 먹어봤지만 양념이 너무 달아 내 입에 맞지 않았다. 대학원 은사이신 문학평론가 박철화 교수님께 붕어찜을 좀 가져다 드린 적이 있는데, 정말 맛있게 드셨다며 엄지손가락을 들어 올리셨다. 선배 시인인 류근 형께도 붕어찜 이바지를 했는데, 형보다 형수님께서 더 맛있게 드셨다고 한다. 그 맛을 내 몸과 손이 기억하는지 몇 해 전, 애인과 함께 춘천 자갈섬낚시터에 가 붕어를 잡아 찜을 해줬는데 그녀는 감탄을 금치 못했다. 둘이서 소주 다섯 병은 마신 것 같다. 지금은 해주고 싶어도 해줄 수 없게 되었지만.

할머니는 눈이 몹시 안 보이고, 보청기 없이는 듣지 못하셨다. 그럼에도 뜨개질로 스웨터를 떠주시고, 나를 업고 관악산 관음사까지 오르내리곤 하셨다. 또래 친구들은 학교 앞에서 병아리를 사면 며칠 못 키우고 죽게 되어 울면서 화단에 묻곤 했는데, 할머니는 내가 사온 병아리를 전부 다 닭으로 키워내셨다. 할머니를 도와 톱질을 하고 못질을 하고 철망을 쳐 닭장을 만드는 일은 정말 재미있었다.

낚시를 가 붕어를 잡아오면 내가 직접 손질하는 날도 있지만 할머니가 팔을 걷어붙일 때가 더 많았다. 할머니는 마당 수돗가에 쪼그리고 앉아서 칼도 가위도 쓰지 않고는 맨손으로 붕어 비늘을 긁어내고, 대가리를 끊고, 배를 따 내장을 제거했다. 그 모습을 보고 있으면 "와, 우리 할매 기운도 좋네!" 감탄이 절로 나왔다.

그렇게 손아귀 힘세고 재주 좋던 할머니는 이제 아예 앞을 보지 못하신다. 청력은 아직 조금 남아 있지만, 지난해 화장실 다녀오시다 넘어져 고관절이 골절되었다. 수술은 잘 되었는데 1년 넘도록 요양병원에 누워 계신다. 사나흘에 한 번씩 할머니 손 잡아드리러 병원에 간다. 지난겨울에는 손만 잡으면 내 손이 차다며 걱정하셨다. 그래서 장갑을 꼭 끼고 갔다. 지독한 겨울도 가고 이제 봄이다. 장갑을 끼지 않더라도 봄의 온기를 손에 담아 할머니 앙상한 손 잡아드릴 수 있을 것이다.

올봄에는 붕어 낚시를 꼭 가야겠다. 할머니가 좋아하는 붕어찜을 해드리기 위해서. 그동안 붕어 낚시 안 다닌 게 몹시 후회된다. 할머니 말로 '쓰라구(시래기)' 듬뿍 넣은 붕어찜에 밥 한 그릇 비우시면, 사랑하는 나의 할머니, 다리에 힘이 생겨 다시 걸으실 수 있지 않을까.

30

父子

아버지와 아들은 대화가 거의 없다. 그 없는 대화 중 팔할은 낚시 이야기, 나머지 이할은 아버지가 담가 파는 청국장과 된장 이야기다.

전화는 딱 여섯 마디.

"여보세요"
"아버지"
"밥은"
"먹었어요. 낚시는"
"물이 없어"
"밥 챙겨 드세요"

아들은 낚시터에서 자라고 아버지는 낚시터에서 늙었다.

대화라는 건 없었어도, 나란히 앉아 낚시할 때, 아버지와 나

사이에 흐르던 노을과 물소리와 별빛들이 알아서 미주알고
주알 떠들어주었으므로, 나는 아버지 마음을 그래도 알 것
같다.

아버지도 내 마음 아시겠지 뭐.

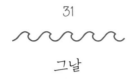

31

그날

"언덕 위에 손잡고 거닐던 길목도 아스라이 멀어져간 소중했던 옛 생각을 돌이켜 그려보네/ 나래치는 가슴이 서러워 아파와 한숨지며 그려보는 그 사람을 기억하나요 지금 잠시라도/ 달의 미소를 보면서 내 너의 두 손을 잡고 두나 별들의 눈물을 보았지 고요한 세상을"

어릴 적 아버지 따라 전국 팔도로 낚시를 다녔다. 국도를 달리는 낡은 봉고차 카세트 오디오에서 흘러나오던 노래들이 스무 해가 지나도 머릿속에서 재생이 되는데, 최진희의 「사랑의 미로」, 서유석의 「타박네」는 제목과 가수, 노랫말을 정확히 알고 있어 그동안 참 많이도 흥얼거렸다.

그런데 아무리 기억하려 해도 그저 구슬픈 멜로디만 흐르는 노래가 있었으니 바로 김연숙의 「그날」이다. 오랫동안 이 노래를 알고자 애를 썼다. 어디서도 들을 수가 없었다. 오직 아버지 봉고차에서만 듣던 노래였으나 내 사춘기의 시작을 알린 아버지의 부재와 함께 내 곁을 떠났다.

아버지는 대기업에 납품하는 가방공장 사장이었다. 중학교 마치고 상경해 남대문 밑바닥서부터 잔뼈가 굵어 솜씨가 좋았다. 몇 년 만에 가게를 내고 곧 공장을 열었다. 덕분에 나는 유복한 유년을 보냈다. 우리 집 옥상엔 아버지의 골프 연습 시설이 있었다. 아버지와 나는 주말마다 낚시를 다녔고, 엄마는 평일 오전에 에어로빅을 했다.

그러나 IMF 폭풍을 피하지 못했다. 공장은 부도를 맞고, 집안 곳곳엔 차압딱지가 붙었다. 아버지는 지방을 전전하는 행상이 되어 일 년에 한 번 얼굴 보기조차 힘들었다. 엄마의 새벽 식당일과 할아버지 할머니의 박스 줍기가 시작된 것도 그즈음이다.

생각날 듯 나지 않는 무언가가 마음을 그토록 답답하게 하는 줄은 몰랐다. 그러다 십수 년 만에 궁금증이 풀렸다. 동네 술집서 육회에 소주 먹다가 스피커에서 흘러나오는 선율에 돌연 굽혔던 허리를 세우고 귀를 쫑긋거렸다. 가게에 노래 제목을 물었고, 그제야 김연숙의 「그날」임을 알게 된 것이다.

노랫말이 고우면서 아프다. 아프기보단 아리다. 짓이긴 꽃에서 꽃물 배어나듯, 노을강의 역광 위에 작은 물고기가 일으킨 파문 하나 퍼지듯, 그렇게 고우면서 아리다.

중학교 1학년 때, 공장 부도 후 쫓기듯 가족과 떨어진 아버지가 일 년 만에 전화를 걸어왔다. 아버지 본다는 생각에 설레어 토요일 방과 후 성남 비행장으로 갔다. 봄날이었다. 에어쇼가 열리고 있었다. 비행기들이 일으킨 모래바람 속에 아버지가 손을 흔들었다. 빨간 모자를 쓰고 앞치마를 두른 채 소시지를 굽고 있었다. 파인애플을 꼬치에 끼우고 있었다. 나는 철이 없어, 평소 좋아하던 군것질거리를 실컷 먹는다며 마냥 즐거웠다. 아버지는 환하게 웃었다.

빨간 모자 아래 그 웃음이 얼마나 애처로운 것인지 깨달았을 때 나는 어른이 돼 있었다. 머리가 굵어 아버지가 어려웠다. 살가운 말 한마디 하지 못하게 됐다. 같이 목욕탕에 갈 수 없는 나이가 돼버렸다.

나는 "소중했던 옛 생각을 돌이켜 그려보"며, 가족 모두가 한 밥상 위에서 밥 먹던 시절을 추억한다. 그 시절은 아스라이 멀고, 아버지는 늙었다.

「그날」을 듣는다. 1994년 어느 일요일 오후, 국도를 달리는 아버지의 봉고차. 졸린 햇살이 차창을 통과해 사다리꼴로 펼쳐지고, 떡밥 냄새와 물비린내 버무려진 차 안에 아버지가 태우는 담배 연기 가득하다. "달의 미소를 보면서 내 너의 두 손을 잡고—" 오후의 환한 빛 속을 은은하게 채우는 곱고 아린 노래, 장단을 맞추듯 아이스박스에 담긴 붕어들이 이따금 꼬리지느러미를 푸드덕거린다.

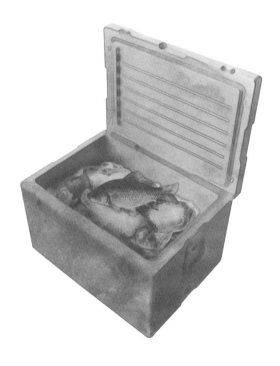

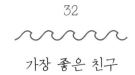

가장 좋은 친구

가장 좋은 친구는 낚시 친구다. 낚시 친구만큼 각별한 사이도 없다. 같이 갯바위를 타며 손잡아 끌어주고, 수상좌대에서 사나흘 동고동락하면 원수끼리도 친구가 된다.

낚시 친구가 되려면 우선 낚시를 좋아해야 한다. 낚시를 좋아한다는 것은 이미 폭염과 혹한, 비바람 등 자연이 주는 고난은 물론이고 야영이나 차에서 쪽잠 자기, 라면으로 끼니 때우기, 수풀에 볼일 보기 등 야외활동의 불편함을 수용했다는 이야기다. 물고기를 잡았을 때 손맛과 희열 등 낚시 행위 자체에 매력을 느껴 한번 해보고 싶어 하는 친구들이 많았으나 다들 '야생의 시련' 단계에서 나가떨어지고 한 놈만 남았다.

내 친구 박진형 군과 나는 강과 바다, 저수지, 계곡 등 참 많은 낚시터를 함께 돌아다녔다. 그가 다니는 직장이 평일에 쉬는 덕분에 그럴 수 있었다. 마땅한 취미 없이 쉬는 날이면 술 마시고 만화책이나 보던 그가 낚시의 매력에 빠지게 된 것은 몇 해 전, 나를 따라온 섬진강에서 계류낚시를 배우면서부터다. 강물에 몸을 담근 채 맑은 자연을 만끽하며 꺽지 몇 마리 잡더니 "이렇게 재밌는 걸 왜 이제야 알려줬냐"고 나를 타박했다.

낚시를 가면 낚시만 하는 것이 아니다. 낚시는 적당히 즐기고, 저녁엔 잡은 물고기 요리 또는 토종닭도리탕을 안주 삼아 술을 마신다. 그게 낚시보다 더 즐겁다. 천문대에 가 별을 보는 날도 있다. 섬진강 살뿌리가든이나 금강 등나무가든 민박 마당에 나란히 누워 금방이라도 떨어질 듯 글썽거리는 별들의 무수한 눈망울과 일일이 눈을 맞추면 무릉도원이다. 이른 봄 매화가 만발한 화개장터 주막에 앉아 막걸리를 마시고, 한여름 연꽃이 지천인 곡성 고달연방죽 수상정자에 앉아 캔맥주를 깐다. 양구 파서탕과 수입천 일대로 꺽지낚시를 가면 을지전망대와 제4땅굴 안보 견학도 한다. 우리에게 낚시는 술과 미식과 자연과 문화체험이 어우러진 낭만의 종합세트인 셈이다.

궁합이 아주 다 맞지는 않는다. 나는 한번 낚시를 하면 끼니를 거르는 것은 물론 물도 안마시고 전투적으로 하는데, 박진형 군은 너무 고된 것을 꺼린다. 내가 한발 양보할 때도 있지만 피딩타임이나 초들물에 낚시를 쉬고 있는 모습을 보면 열불이 난다. 게다가 그는 뱃멀미를 심하게 해 선상낚시를 강력히 거부한다. 제주도 한치 에깅을 한번 나갔다가 멀미는 물론이고 저조한 조과에 심통이 나 밤늦도록 삐쳤던 적도 있다. 그날 밤 한치회에 한라산 소주가 없었다면 아침까지 토라졌을 것이다.

그래도 그만한 친구가 또 없다. 겨울 서귀포 밤바다에서 눈보라와 파도를 맞아가며 넙치농어 낚시에 실패했을 때도, 공주 유구천에서 낚시하다 집중호우로 급격히 물이 불어나 간신히 몸을 피했을 때도, 초봄 남양만에서 밤새 손발 꽁꽁 얼어가며 겨우 붕어 한 마리 만났을 때도, 새해 첫날 초속 12미터 강풍이 부는 여수 대율방파제에서 볼락 몇 마리 잡아 뼈회를 쳐 소주 마실 때도 내 곁에는 늘 박진형 군이 있었다.

이젠 낚시하러 가면 알아서 자리 잡고 채비한다. 밑걸림이나 줄 엉킴같이 곤란한 상황이 생겨도 혼자 해결한다. 가르쳐주지 않아도 금방 그날 낚시의 패턴을 찾아내 나보다 더 많이 잡을 때도 있다. 낚시를 모르던 이를 그 정도 낚시꾼으로 만들기까지 얼마나 많은 시간과 노력이 소요됐겠는가. 자식 키우는 보람을 조금 알 것 같기도 하다.

잡은 물고기를 회 뜨고 매운탕 끓여 술 마실 때 우리의 '케미'
가 폭발한다. 일식 조리가 직업인 박진형 군의 회 뜨는 솜씨
는 예술 그 자체다. 그에게 나도 배워 조금 흉내나 내보는데,
전문가의 경지는 그야말로 까마득한 우주 같아서 감히 범접
조차 할 수 없다.

가장 기억에 남는 순간은 제주 애월 해안에서 원투낚시로 노
래미와 용치놀래기 몇 마리를 잡아 그 자리에서 바로 회를 떠
먹은 두 해 전 여름날이다. 저녁 비행기 시간까지 두 시간쯤
남겨두고 갯지렁이 한 통 사 애월 갯바위에 앉았다. 20분 만
에 몇 마리 잡고기 낚은 것을 박진형 군이 번개같이 회 떴다.
비행기 시간이 임박해오는데, 노을 지는 갯바위 위에서 초장
듬뿍 찍은 회를 맨손으로 집어 먹으며 우리는 참 행복했다.

그에게 사정이 생겨 이제는 함께 낚시 가기 어려워졌다. 강에
서 나보다 하류 쪽에 자리 잡고 낚시하는 그를 향해 뜨뜻한
소변을 흘려보낼 수도 없게 되었다. 변산 격포 어느 갯바위
나 해 저무는 섬진강에서 홀로 쓸쓸히 낚싯줄을 감을 때, 함
께 밤늦도록 별 보며 술 마시던 민박에서 나 혼자 전등 스위
치를 끌 때 친구 생각이 많이 난다.

진형아, 나랑 낚시 가자.

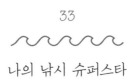

나의 낚시 슈퍼스타

낚시를 스포츠로 인정하지 않는 사람들이 있다. 문화체육관광부와 대한체육회가 "낚시는 체육과 거리가 멀다"며 낚시 관련 단체들을 최하 등급으로 강등하는 일까지 있었다. 전 세계에서 스포츠로 각광 받는 낚시에 대한 오해와 무지, 차별 행태다.

낚시에는 스포츠적인 요소가 다분하다. 다른 것을 다 차치하고라도 장비 운용과 기법, 캐스팅부터 로드 액션[1], 챔질과 릴링[2], 랜딩[3]까지 테크닉에 따라 결과가 달라지는 점은 야구나 골프, 농구 같은 구기 종목은 물론 상대와 일대일로 겨루는 투기 종목과도 통하는 바가 많다.

낚시는 대상어종과 방법별로 세분화되어 있고, 각 분야마다 전문가가 존재한다. 프로 또는 명인이라고 불리는 그들은 많은 팬들을 거느리고 있다. 스포츠팬들이 야구 선수 이승엽이나 테니스 선수 정현, 골프 황제 타이거 우즈에 열광하는 것처럼 낚시인들도 자신이 좋아하는 프로 낚시인의 낚시 방송이나 영상, 사진을 보며 쾌감을 느낀다. 운동 동호인들이 선망하는 스타의 기술이나 폼을 따라하듯 낚시인들도 프로 낚시인의 기술과 노하우를 참고하고 연습한다.

나에게는 이찬복 프로가 슈퍼스타다. 우리나라에서 쏘가리 낚시를 하는 사람 중에 이찬복이라는 이름을 모르는 이는 없을 것이다. 국내 쏘가리 루어낚시 최대 커뮤니티인 '팀쏘가리'의 운영자이자 낚시 채널에서 〈바다로 간 쏘가리〉를 포함해 다수의 루어낚시 전문 프로그램을 진행한 쏘가리 낚시계의 '리빙 레전드living legend'다.

쏘가리뿐만 아니라 농어, 부시리, 우럭, 광어, 볼락, 갈치, 무늬오징어, 갑오징어, 문어, 주꾸미, 배스, 누치, 꺽지, 강준치, 끄리, 산천어, 무지개송어 등 우리나라 바다와 강에 사는 모든 루어 대상어종을 상대하는 크로스오버 루어낚시 전문가다. 최근에는 중국 명주호에서 70센티미터가 넘는 '몬스터'급 중국 쏘가리를 잡기도 했고, 호주에서 1미터가 넘는 머레이코드[4]를 낚아내기도 했다. 그는 워킹, 웨이딩, 밸리보팅, 카약피싱, 모터보팅 등 다양한 방법으로 대상어를 공략한다.

---

1. 낚싯대를 움직여 미끼를 살아있는 것처럼 연출하는 기술
2. 릴을 감는 것
3. 바로 앞까지 끌고 온 물고기를 안전하게 손으로 잡거나 뜰채에 담는 일
4. 호주 머레이 강의 고유종인 민물고기

나는 이찬복 프로를 2015년 9월에 처음 만났다. 영상으로만 보던 분을 실제로 만난다고 생각하니 연예인 보는 것보다 더 떨리고 흥분됐다. 그가 운영하는 대전의 루어낚시 용품점을 찾아갔다. 이찬복 프로는 186센티미터의 당당한 체격, 검게 그을린 얼굴, 사람 좋은 미소와 호탕한 목소리의 소유자였다. 너무 반갑고 기뻐 말을 더듬으며 기념촬영을 부탁했다. 그날 이후 '팀쏘가리' 카페 활동을 나름대로 열심히 하면서 틈날 때마다 대전에 들러 얼굴도장을 찍었다.

그러다 그가 웹진 《월간 쏘가리》를 창간한다며 필진을 모집할 때, 낚시 솜씨는 형편없지만 글재주로나마 보탬이 될까 싶어 자원했다. 《월간 쏘가리》 덕분에 장정민 선배, 김건우 형, 엄일석 군, 장형철 군 등 소중한 낚시 친구들을 만나게 됐다. 이찬복 프로와도 이전보다 더 자주 교류하며 가까워질 수 있었다.

다른 프로 낚시인들도 있지만 이찬복 프로에게 유난히 매력을 느낀 것은 정말 낚시를 멋지게 하기 때문이다. 방송에서 그가 섬진강에 몸을 담근 채 쏘가리를 낚는 장면을 보고 있으면 마치 한 편의 영화 같다. 캐스팅부터 라인 텐션[1] 유지, 로드 액션, 후킹[2], 릴링, 랜딩, 릴리즈에 이르는 모든 과정이 때로는 다이내믹한 스포츠 같고 때로는 아름다운 무용 같다. 극한

---

1. 낚싯줄의 팽팽함
2. 낚싯바늘이 물고기 입에 걸리게 하는 챔질

의 환경에서 낚시할 때는 마치 철인처럼 보인다. 한겨울 폭설이 쌓인 강원도 계류에서 무지개송어와 산천어를 낚아내거나 무더운 여름 밸리보트나 카약을 타고 충주호 물골에서 쏘가리와 배스를 잡아낼 때, 또 사람 발길이 닿지 않은 대청댐 직벽 구간을 도보로 진입해 12센티미터 미노우를 던져 기어이 대물 쏘가리를 걸어내는 모습을 보면 그저 감탄하게 된다.

티브이로 방영된 낚시 방송들과 유튜브의 수많은 낚시 영상들을 통틀어서 내가 가장 좋아하는 영상은 2013년 FSTV〈다크호스〉13회 '원도권 대물 우럭을 낚아라' 편이다. 뜨거운 여름, 만재도 갯바위에서 이찬복 프로가 50센티미터 넘는 대물 우럭과 농어, 부시리 등과 한판 승부를 벌이는 그 영상을 볼 때마다 심장이 터질 것 같다.

이찬복 프로는 고가의 장비를 사용하지 않는다. 그의 장비는 흙먼지 자욱한 차 트렁크 안에서 막 굴러다닌다. 하도 오래되어 다 녹이 슨 지그헤드를 가지고 종일 낚시하기도 한다. 그래서 인간적이다. 그는 음악과 꽃을 사랑하고 사회 약자들의 아픔에 눈물을 흘리는 사람이다. 아들 주원이에게 멋진 추억을 만들어주려고 함께 캠핑하고, 카약을 타고, 물가에서 라면을 끓여 먹는다.

무엇보다 그는 크기가 작든 크든, 노리던 대상어종이든 아니든 물고기를 잡으면 아이처럼 기뻐한다. 그리고 다시 강으로 돌려보낸다. 이찬복 프로는 '쏘가리 캐치 앤 릴리즈' 문화의 정착을 위해 많은 노력을 하고 있는데, 거기 공감하며 함께 실천하는 사람들의 모임이 '팀쏘가리'다.

지난해 봄, 함께 보성강 밤낚시 갔던 기억이 떠오른다. 만나 기로 한 시간을 훌쩍 넘겨도 도무지 오지 않는 충청도 선비 이찬복 프로, 밤 열한 시 반에 만나 낚시 준비하고 물가에 섰다. 헤드랜턴이 필요 없을 만큼 달이 밝아 대낮 같은 밤, 한 시간 가량 낚시를 해봤지만 별다른 소득이 없었다. 이찬복 프로는 "나는 달 떨어질 때까지 한잠 자고 올 테니께 혼자 더 해보셔" 하고는 차로 들어갔다.

혼자 하는 밤낚시를 싫어하는 나는 그를 따라 철수해 차에서 두어 시간 쪽잠을 잤다. 새벽 네 시 반, 주섬주섬 웨이더를 입고 이찬복 프로의 잠을 깨우지 않으려 살금살금 혼자 물가로 내려갔다. 물안개가 장관이지만 음산한 느낌도 자아내는 새벽, 동 트고 사위가 조금씩 환해지는 여섯 시 무렵 쏘가리 입질을 받았다. "달 밝으면 밤낚시는 안 돼도 새벽 네다섯 시 넘으면 반응할 거여"라던 이찬복 프로의 말대로 밤새 예민해 있다가 피딩타임에 활성도가 높아진 쏘가리들이 계속 입질을 해왔다.

결혼식에 참석해야 하는 바람에 서둘러 물가에서 나와 이제 막 잠에서 깬 이찬복 프로와 인사 나누고 서울로 올라왔다. 두 시간 뒤 그에게서 카톡이 왔다. "두 마리 받고 다섯 마리" 안개가 걷히기를 기다렸다가 느지막이 아침햇살 펴지는 강가에서 짧은 시간에 40센티미터급을 포함해 씨알 좋은 쏘가리 여러 마리를 잡아낸 것이다. '역시 이 프로님!' 하고 감탄할 수밖에 없었다.

재작년 12월, 거제도로 호래기 낚시를 갔던 일도 생각난다. 호래기가 아직 연안으로 들어오지 않을 때라 조과는 저조했다. 동행한 사람들에게 어떻게든 회 한 점이라도 먹게 해주려고 미역치, 돌팍망둑, 볼락, 노래미 등을 부지런히 잡아 그 큰 손으로 섬세하게 회를 뜨던 모습이 지금도 눈에 선하다. 싱싱한 막회를 초장 듬뿍 찍어 먹은 후 종이컵 소주 나눠 마시던 칠천도 방파제의 겨울은 참 따뜻했다.

이찬복 프로와 낚시하면 꼭 낚시의 기술이나 방법이 아니더라도 낚시를 대하는 자세와 사람을 마주하는 성실한 태도 같은 것들을 배운다. 자연을 존중하고 진정으로 사랑하는 마음을 보게 된다. 그는 영하의 한겨울에도 웨이더를 입고 물속으로 저벅저벅 걸어 들어가는 사람, 하루 종일 바다에서 낚시하고 집에 가는 길에 호수에 들러 기어이 배스 한두 마리 더 만나야만 직성이 풀리는 사람, 낚시인들이 싫어하는 끄리도 강준치도 누치도 다 친구라고 불러주는 사람, 녹슨 지그헤드 하나 가지고 하루 종일 낚시하며 쏘가리 계속 잡아내는 사람, 낚시를 정말 사랑하는 사람, 낚시를 통해 만난 사람과 자연, 수많은 인연들, 추억들 그리고 이 세상을 소중하게 품에 안은 사람이다.

나는 그의 낚시 기술보다도, 포인트 읽어내는 노하우보다도 낚시를 진정 사랑하는 순수한 열정을 배우고 싶다. 낚시하는 그 순간을 영원으로 만드는 탐욕 없는 마음을 닮고 싶다.

쏘가리를 들고 있는 모습이 내게는 슈퍼맨, 배트맨, 사춘기 시절 우상인 록키와 람보보다 더 멋있게 보이는 나의 낚시 슈퍼스타, 이찬복 프로가 그리운 날이다. 특유의 충청도 말투로 "낚시했어유? 어떠? 좀 나왔어?" 하는 전화기 너머 그 음성이 듣고 싶다.

언젠가 금산 제원면 강가에서 소주 나눠 마시고 통기타 둘러맨 채 "앞으로 쏘가리 낚시 한 2백 번만 더 하면 저리 가는겨" 하며 그가 가리킨 하늘엔 별들이 총총했다. 그 2백 번 중에 몇 번이나 함께할 수 있을까. 반짝이던 별빛보다 더 많은 추억들을 만들 수 있을까.

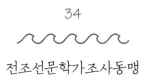

전조선문학가조사동맹

전조선문학가조사동맹全朝鮮文學家釣士同盟. 1920년대 조선 프롤레타리아예술가동맹 '카프KAPF'를 연상시키는 이름의 이 단체는 낚시를 좋아하는 문학가들이 모여 만든 낚시회이 다. 문단의 소문난 낚시광이며 책『나는 낚시다』의 저자인 문학평론가 하응백 선생님이 소설가이자 세계일보 문학전문 기자 조용호 선배, 시인 장석남 선배와 의기투합하여 2016년 가을에 조직했다. 하 선생님에 따르면 "통일 후를 대비한 원 대한 이름"이라는데, 불과 두 해도 지나지 않아 남북정상회 담과 북미회담이 차례로 열렸으니, 물때와 조류 흐름을 읽어 내는 탁월한 혜안이 안보와 국제 정세마저 꿰뚫어본 것이다.

하응백 선생님이 서기장에 취임하고 조용호, 장석남 두 선 배가 서기를 맡았다. 이후 소설가 백가흠 선배가 합류했고, 2017년 9월 비응항 주꾸미 출조를 시작으로 나도 맹원이 되 었다. 얼마 전 시인 정동철 선배가 가입해 현재는 서기장 이 하 6인 단체로 그 규모가 커졌다.

하웅백 서기장께서는 견지낚시로 입문하여 30년 가까이 우럭, 농어, 참돔, 갈치, 조기, 광어, 열기, 대구, 가자미, 도다리, 갑오징어 등 거의 모든 선상 낚시를 해온 전문가, 어부와 낚시꾼의 경계를 넘나든다. 조용호 서기께서는 섬세하고 차분한 낚시를 구사하는 베테랑 선상꾼인데, 너울이 치는 원도권 선상에서 이리저리 몸이 흔들리는 와중에도 헤드셋을 쓰고 음악을 감상하는 풍류조사다.

조사동맹 가입 후 이런저런 핑계로 단체 출조에 몇 차례밖에 나서지 못한 탓에 장석남 서기, 백가흠 선배, 정동철 선배와는 함께 낚시해보지 못했지만 다들 쟁쟁하다고 들었다. 덕적도 출신의 장석남 선배는 바닷사람답게 어떤 낚시든 수월하게 해낸다고. 스무 살 때 시를 공부하며 그의 시집을 경전처럼 끼고 읽은 나로서는 그와의 동행 출조가 몹시도 기다려진다. 한편 소설 문단의 스타인 백가흠 선배를 낚시회에서 만나게 될 줄은 꿈에도 몰랐다. 먼발치에서나 바라보던 분과 한 배를 타고 갓 잡은 우럭을 회 떠 먹는 순간을 고대하고 있다. 참돔 타이라바 전문꾼인 정동철 선배와 '바다의 미녀'를 낚으러 갈 날도 머지않았다. 이제 참돔 시즌이기 때문이다.

문단의 젊은 낚시꾼인 나는 하웅백 서기장님으로부터 총애를 받고 있다. 함께 나선 첫 출조길에서 내게 주꾸미 낚싯대와 베이트릴[1]을 선물로 주시더니 선비마저 흔쾌히 내주셨다. 이런 특혜가 다른 맹원들에게 절대 알려져선 안 되는데, 서기장님의 은덕을 칭송하기 위해 어쩔 수 없이 밝힌다. 두 번째 출조인 신진도 우럭 어초낚시에서는 우럭 전용 인터라인 낚싯대[2]를 하사하신 데다 고가의 전동릴마저 무기한 무상대여의 형식으로 장기리스를 해주셨다. 쏘가리 루어낚시와 갯바위 워킹낚시가 주력인 나를 선상낚시의 신세계로 인도해주신 것이다.

함께 낚시하는 내내 끊임없는 격려로 용기를 불어넣어주시는 조용호 선배, 내 아버지가 판매하시는 자연산 반건조우럭을 잔뜩 구입해주신 장석남 선배, 단체 카톡방에서 늘 따뜻하고 살갑게 맞아주시는 백가흠 선배와 정동철 선배 모두 고마운 분들이다. 언제고 내가 가장 자신 있는 섬진강 쏘가리 낚시에 서기장님 이하 맹원 선배들을 초대해 손맛과 입맛, 눈맛을 함께 즐기고 싶다.

낚시와 글 쓰는 일은 서로 닮아 있다. 낚싯줄의 긴장을 온몸으로 느끼며, 아니 스스로 팽팽하게 당겨진 낚싯줄이 되어 물 흐름과 수온, 기압과 바람의 미세한 변화를 감지하며 찰나의 입질을 포착하는 행위가 낚시 아닌가. 글쓰기도 마찬가지. 자기 영혼을 갉아먹어 문장을 살찌우는 사람들이 문학가인데, 피 냄새 나는 자기 상처와 드러내고 싶지 않은 은밀한 내면을 미끼로 흔들어 보이지 않는 심연에서 헤엄치는 단 한 줄

---

1. 릴에는 스피닝릴과 베이트릴 두 종류가 있는데 베이트릴은 원통형으로 생겨 마치 장구통을 연상시킨다. 하여 '장구통릴'로도 불림
2. 낚싯대 안으로 낚싯줄을 통과시키는 형태의 낚싯대

의 문장을 낚아야 한다. 아주 작은 외부 자극에도 집중이 깨지기 쉬운데, 고도의 긴장 상태를 오랜 시간 유지한다는 것은 보통 사람으로서는 쉽게 엄두 낼 수 없는 일이다. 마치 복서가 체중 감량을 하듯 작가도 자기 정신의 온갖 관념과 상투성, 진부한 상상력을 깎아내면서 영혼을 쥐어짠다. 단 한 방울의 정수만이 남도록 자기 존재를 탈수시키고 나면 그야말로 탈진 상태, 이때 낚시가 육신을 회복시킨다. 낚시꾼 작가들에게 낚시란 좋은 글을 쓰기 위한 필수불가결 요소다. 쉼이고 숨이며 삶인 것이다.

낚시를 꼭 글쓰기처럼 필사적으로 하진 않는다. 문학가조사동맹의 단체 출조에서는 낚시도 즐겁지만 다채로운 문학 이야기에 귀와 영혼이 기쁨에 겹다. 현대문학은 물론 고전문학과 시조, 판소리, 영미권과 아시아 및 제3세계 문학, 문학뿐만 아니라 영화, 음악, 무용, 미술, 음식에 이르는 방대한 수다가 끊이지 않는다. 돈 주고도 들을 수 없는 명강연이 푸른 바다 위에서 펼쳐지는 것이다. 그 강좌에는 방금 잡아 올린 주꾸미와 갑오징어, 우럭 따위를 즉석에서 회 치고 탕 끓여 먹는 행복한 오찬이 패키지로 구성된다. 우리의 출조는 낚시는 낚시대로 즐기고, 지식과 감성의 충만감은 물론 세상에서 가장 싱싱한 미식까지 만끽하는 복합인문웰빙레저 활동인 셈이다.

기념사진은 덤이다. 페이스북에 출조 사진을 올리면 수많은 사람들의 감탄과 부러움을 받는다. 낚시를 즐기지 않는 사람들 눈에도 재미있고 낭만적으로 보이는 모양이다. 댓글로 시기 어린 감탄을 뱉는 이들 중에는 시인도 있고 소설가도 있고 문학평론가도 있다. 잡은 고기를 좀 맛보게 해달라고는 하는데 정작 조사동맹에 가입하겠다는 말이 없어 아쉽다. 전조선문학가조사동맹의 문은 활짝 열려 있다. 특히 여성 회원들의 가입을 쌍수 들어 환영한다. 이것은 일개 말단 맹원인 내 희망사항이 아니라 서기장 이하 맹원 전원이 바라는 소망이요 우리 단체의 살 길이다. 보다 많은 문학가들이 조사동맹에 가입해 책상머리를 벗어나 들숨에 하늘과 바다를 가득 마시고, 날숨에 스트레스를 날려버리면 좋겠다.

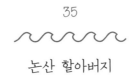

35

논산 할아버지

어릴 적 아버지의 낡은 코란도를 타고 낚시 갈 때, 조수석엔
언제나 '논산 할아버지'가 앉아 계셨다. 아버지 가방 공장에
서 작업반장을 맡던 어르신이다. 아버지보다 스무 살쯤 더
어른이셨는데, 단순히 같이 일하는 사이가 아니라 아버지가
믿고 의지하던 '멘토'이자 오랜 세월을 함께 낚시한 아버지
최고의 낚시 친구로 나는 기억한다. 한 번도 여쭤본 적 없어
추측할 뿐이지만 두 분의 만남은 아버지가 남대문 시장에서
일하던 1970년대로 거슬러 올라갈 것이다.

아버지와 같은 논산 출신으로 강 씨 성에 이름은 희관喜寬이
었다. 1935년생이신 내 할머니와 동년배여서 할아버지 할머
니는 '희관이', 아버지와 엄마는 '희관 아저씨'로 불렀고, 나와
동생은 논산 할아버지라고 불렀다. 요즘은 휴대폰에 전화번
호를 저장하지만 그때는 전화기 옆에 수첩이 꼭 있었는데, 전
화번호부에도 '논산 할아버지'로 적혀 있었다.

삼대독자로 귀하게 자란 나는 버릇이 없었다. 아버지는 무뚝뚝하지만 엄하지는 않으셨고, 엄마도 자애로웠기 때문이다. 할아버지 할머니의 끔찍한 손주 사랑이야 더 말할 것도 없다. 그런데 내가 유일하게 어려워하고 무서워하는 사람이 논산 할아버지였다. 그분은 매사 진중하고 들뜨는 법이 없었다. 내가 산만한 행동을 하거나 철없이 굴 때면 근엄한 얼굴로 꾸중하곤 하셨다. 나는 그 어른께 참 많이 혼나면서 예의와 차분함, 점잖은 태도를 배웠다. 어쩌면 아버지가 그분께 가정교사의 역할을 맡기신 것인지도 모른다. 공장 직원들은 매일 우리 집에서 점심을 먹었기에 다들 가족만큼 친밀했다. 점심때마다 아버지는 내게 용돈으로 천 원짜리 한 장씩 주셨는데, 논산 할아버지는 버릇 나빠진다며 못마땅해하셨다. 그러면서 내게 공부 몇 등 하는지, 학교에서 무엇을 배웠는지 물어보곤 하셨다.

그분은 한쪽 다리를 접지 못하고 쭉 뻗은 채 식사를 하셨다. 내가 알기로 1950년대에 고려대학교를 나온 인텔리이자 촉망 받던 역도 선수였다. 불의의 교통사고로 다리를 다쳐 역도를 그만두었다고 들었다. 험상궂은 외모와 당당한 체격을 지녔지만 몹시 지적이었다. 눈빛이 형형하다 못해 칼날처럼 날카로웠다. 여러 지식에 해박하고, 말씀을 많이 하진 않아도 한마디 한마디가 다 새겨들을 만했다. 아버지가 믿고 따를 만한 분이었다.

오래된 화첩처럼 아련한 아버지와의 낚시 추억에는 페이지마다 논산 할아버지가 그려져 있다. 예당지에서 어른들이 식사하는 동안 찌를 보고 있던 내가 "논산 할아버지, 할아버지 찌가 들어갔어요!" 외치며 7미터가 넘는 네 칸짜리 장대를 들려다 무거워 끙끙댈 때, 불편한 다리로 쏜살같이 달려온 논산 할아버지가 대를 붙잡고 긴 씨름 끝에 대물 가물치를 끌어냈다. "이건 네가 잡은 것"이라며 나를 칭찬해주셨는데 얼마나 뿌듯하고 우쭐했는지 모른다.

엉터리로 낚시한다고 혼나기도 했다. 남한강에서 내가 붕어한 마리를 잡고 들뜨자 "눈먼 고기가 잡혔다"며 기를 죽이셨다. 항상 같은 자리에 정확히 던져라, 다른 데 한눈팔지 말아라, 성급하게 챔질하지 말아라, 찌가 올라오는 상승 운동이 정점에 가까울 때까지 기다려라…… 이런 가르침들을 새기면서 나는 소년 낚시꾼이 되었다. 낚시터에서 아버지는 자상하고 친절하게, 논산 할아버지는 엄하고 냉정하게 각각 훈육하셨다. 낚시뿐만 아니라 세상을 살아가는 지혜와 마음가짐, 바르고 정직한 태도 같은 것들을 나는 학교에서보다 낚시터에서 더 많이 배웠다. 그분은 내게 또 한 사람의 할아버지, 아버지, 선생님이셨다.

여름날 강원도 양구 파서탕 계곡, '주부'라고 부르던 까만 고무튜브를 베고 누워 나란히 낮잠 주무시던 아버지와 논산 할아버지의 모습은 지금도 유년을 회상하면 가장 그리운 장면이다. 논산 할아버지를 마지막으로 본 것은 내가 열네 살이 되던 해다. IMF 사태로 공장이 부도를 맞으면서 모든 직원들이 뿔뿔이 흩어졌고, 논산 할아버지와도 연락이 끊겼다. 중

소기업들이 줄줄이 망하고 거리엔 실직자들이 넘쳐나던 어느 겨울밤, 공장의 부도 위기 앞에 쇠약한 촛불처럼 흔들리던 아버지가 "큰일 났습니다" 논산 할아버지와 통화하는 것을 이불 속에서 자는 척하며 들었다. 그게 마지막이다. 그 후로 20년 넘게 소식을 듣지 못했다. 아마 아버지나 그 집 식구들과도 친했던 엄마에게는 희미한 안부라도 들렸을지 모른다. 세상은 오래 추웠고, 아버지와 논산 할아버지가 낚시하던 물가에는 봄이 오지 않았다.

나는 그 시절의 내 아버지 나이가 되었고, 아버지는 논산 할아버지만큼 늙었다. 무엇이든 혼자서 다 해낼 수 있을 것만 같던 '어른'이 되었지만 세상엔 내 힘으로 할 수 있는 일들이 아무것도 없다. 나는 내가 어른이라는 사실이 두려울 때마다 나 어릴 적, 곁에서 꾸중하며 낚시를 통해 세상을 가르쳐주시던 논산 할아버지가 몹시 그리워진다.

영화 〈록키〉에서 록키의 늙은 트레이너인 미키는 "자연은 인간 사고보다 현명해. 자연은 우리에게서부터 친구를 빼앗고, 가족을 빼앗고, 사랑하는 이를 빼앗지. 그걸 우리가 깨달을 때까지 모든 것을 빼앗고 또 빼앗아가는 거야. 나는 네가 링 안에서나 밖에서나 스스로를 지킬 수 있을 때까지 네 곁을 떠나지 않을 것이다"라고 했지만 그 약속 지키지 못한 채 자연에 붙들려 떠나고 말았다.

아마 돌아가셨을 것이다. 아버지께 소식이 전해졌을지도 모르지만 나는 일부러 여쭤보지 않았다. 시간은 그토록 무심하고 야속하다. 하지만 내가 살아있는 한, 내가 사랑했던 사람들도 내 가슴속에서 나와 함께 산다는 것을 나는 믿는다. "나에게 놋주발보다도 더 쨍쨍 울리는 추억이 있는 한 인간은 영원하고 사랑도 그렇다"고 부르짖은 김수영의 시구는 내 잠언이자 시편, 이 책을 빌려 논산 할아버지께 늦은 인사를 드린다.

"논산 할아버지! 시나 쓰고 낚시만 할 줄 알지 세상살이는 서툰 저만 물가에 남겨둔 채 어디 가셨나요? 이제는 제법 능숙하게 낚시를 할 수 있게 됐는데, 할아버지께 보여드릴 수 없어 아쉬워요. 그래도 어디선가 보고 계시겠죠? 들리시나요? 제가 가장 행복했던 시절, 제 곁에 계셔주셔서 감사합니다. 당신을 잊지 않을 거예요."

36

넙치농어를 찾아서

4박5일간 제주에 다녀왔다. 겨울이 본 시즌인 넙치농어 낚시를 위해서다. 우리 바다에 사는 농어는 일반 농어, 점농어, 그리고 넙치농어 세 종류다. 넙치농어는 난류성 어종으로 회유하는 성질이 있는데, 제주 남쪽인 서귀포 일대와 가파도, 지귀도, 마라도 등에서만 잡을 수 있다. 그 위쪽으로는 여간해서 나타나지 않는다. 12월부터 이듬해 4월까지 시즌이라지만 그것도 날씨 등 조건이 맞을 때 얘기다. 현지 상황을 잘 아는 전문가가 아닌 이상 꽝을 면하기 어렵다.

그 어렵다는 넙치농어 낚시에 도전한 것은 무모한 짓인지도 모른다. 경험이 아예 없었기 때문이다. 조금이나마 확률을 높이기 위해 한 달 전부터 열심히 장비를 꾸리고, 정보를 수집하고, 계획을 세웠다. 그런데 문제가 생겼다. 날씨라는 변수를 생각하지 못한 것이다. 원래 계획은 모슬포에서 배를 타고 가파도로 가 넙치농어를 노리는 것이었는데, 풍랑주의보로 일정 내내 배가 뜨지 않는다고 했다.

계획대로 가파도에 갔다면, 한 방송사에서 낚시 장면을 촬영하기로 되어 있던 터라 아쉬움이 더 컸다. 형편없는 실력이지만, 모든 낚시꾼들이 한 번쯤 꿈꾸는 자신의 멋진 낚시 영상을 소장할 기회가 사라졌다. 촬영은 차치하고라도 모든 계획이 가파도에 집중돼 있었기 때문에 당황했다. 결국 지역 전문가에게 조언을 구해 서귀포 남원 해안 일대를 낚시 장소로 택했다.

넙치농어는 루어로 잡는다. 조류 흐름이 좋고 파도가 센 암반 지대로 접근하기 때문에 방수복과 바지장화, 펠트화, 구명조끼 등을 착용하고 갯바위 끝에 서서 파도를 온몸으로 맞으며 낚시해야 한다. 일반 농어에 비해 덩치가 크고 힘이 장사라서 루어를 물어도 줄을 터뜨리거나 바늘을 휘어버려 빠져나가기 일쑤다.

서귀포 남원읍의 유명한 포인트인 일화연수원 앞 여밭, 해녀 탈의장 부근, 양식장 배출수 나오는 자리 등 넙치농어가 있을 만한 곳을 부지런히 옮겨 다니며 낚시했다. 파도가 쳐야 유리한데 북서풍이 몹시 세게 불었지만 바다는 오히려 잔잔했다. 눈보라가 몰아치고, 영하의 기온은 좀처럼 오를 줄 몰라 젖은 손이 꽁꽁 얼어 떨어져 나가는 듯했다. 방수복을 입었지만 파도에 젖은 옷 위로 찬바람이 스칠 때마다 온몸이 오들거렸다. 그 와중에 실수로 낚싯대를 부러뜨리고, 개당 2만 원이 넘는 고급 루어 여러 개를 수장시켰다. 단 한 번, 루어가 바위에 부딪치는 느낌과 완전히 다른, '툭' 하는 입질을 받았지만 잡을 수 없었다.

그렇게 사흘간의 넙치농어 도전은 실패로 끝났다. 야속한 하늘은 더욱 심술을 부려 눈보라가 거의 태풍 수준이었다. 하루 더 도전할 의지가 완전히 꺾인 채 패잔병 몰골을 하고 제주 시내 맛집 탐방이나 다녔다. 그런데 낚시를 망치고도 기분은 몹시 좋았다. 『그리스인 조르바』에서 주인공과 조르바가 전 재산을 바쳐 공들인 케이블카 사업을 말아먹고는 웃음을 터뜨리며 춤을 추던 장면이 떠올랐기 때문이다.

니코스 카잔차키스는 그 대목에다 "모든 것이 어긋났을 때, 자신의 영혼을 시험대 위에 올려놓고 그 인내와 용기를 시험해보는 것은 얼마나 즐거운 일인가! 외부적으로는 참패했으면서도 속으로는 정복자가 되었다고 생각하는 순간 우리 인간은 더할 나위 없는 긍지와 환희를 느끼는 법이다."라고 적었다.

낚시를 인생의 축소판이라고도 한다. 뜻하지 않은 행운이 찾아올 때도 있고, 경험과 지식, 완벽한 계획이나 준비가 무용지물이 되기도 한다. 내 뜻대로 되는 게 아무것도 없다. 한 번의 성공을 위해 아흔아홉 번 실패를 견디는 불가해한 노력이라는 점에서 낚시는 인생과 무척 닮아 있다.

이 세계는 물론 우리 삶이 혼돈과 우연으로 가득하다는 것을 낚시는 말해준다. 무엇도 쉽게 장담할 수 없다. 분석과 통계라는 것만큼 쓸모없는 게 또 있을까. 세상만사의 우연성을 인정하고 내 실패도 그 혼돈의 일부임을 수용하는 순간, 삶은 여전히 정복해야 할 것들로 넘실거리는 미지의 바다로 남는 것이다.

넙치농어여, 기다려라! 또 한 번 실패하러 내가 간다.

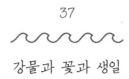

37

강물과 꽃과 생일

섬진강에서 아침을 맞았다. 부드러운 봄 햇살이 나를 훑었다. 전날 쏘가리 낚시를 꽝치고 아예 일찍 접었다. 화개장터 구경이나 가기로 했다. 재첩국을 먹고 하동, 구례 방향으로 차를 몰았다. 유홍준 교수가 말한 '세상에서 가장 아름다운 길' 19번 국도를 몇 해 전에 지났지만 그땐 캄캄한 밤이라 아무것도 못 봤다. 달빛 베일에 싸여 실루엣만 보이던 그 길을 향해 달리자 얼굴 본 적 없는 신부에게 가는 옛 신랑처럼 가슴이 쿵쾅댔다.

섬진강 모래톱은 체에 거른 보릿가루처럼 색감이 곱다. 손으로 느끼는 질감과 눈으로 느끼는 질감은 따로 있다. 설악산의 깎아지른 바위들을 볼 때 내 눈은 무엇엔가 할퀸 듯 껄끄럽고, 변산 격포의 해넘이를 볼 때엔 화로에서 갓 꺼낸 감자에 닿은 것처럼 화끈거리는 것이다. 섬진강변을 보는 눈이 강아지 털에 감싸이는 듯했다.

강줄기가 채찍이 되어 바람의 등허리를 때렸다. 따뜻한 공기 속을 봄바람이 말처럼 달렸다. 서울은 아직 이르지만 남녘은 벚꽃 천국, 꽃잎의 대설주의보다. 센 바람에 꽃잎들이 흩날리며 눈물겹게 아름답다. 화개장터와 쌍계사에 가는 차들로 19번 국도는 주차장이 돼 있었다. 꽉 막힌 도로가 반가울 줄이야. 앞에서부터 차들이 빠져나가 점점 속도가 나는 게 싫었다. 열 시간이고 이대로 멈춰 서서 꽃비에 젖고만 싶었다.

꽃구경 실컷 하고 벚꽃길에서 나왔다. 검증할 방법은 없지만 마음이 깨끗해진 느낌이 들었다. 아름다운 것을 보면 뭉클하다. 그걸 자연에서 발견할 때는 감동이 더 크다. 꽃잎의 화사함이 마음속 고민과 어두운 생각들을 몰아낸 모양이다. 감정의 정화작용이므로, 꽃잎은 내게 카타르시스다.

화개장터에 도착했다. 깨 볶는 소리, 뻥튀기 소리, 뽕짝, 엿장수 음담패설, 참기름 냄새, 풀빵 냄새, 황기, 당귀, 감초, 갈근, 칡 냄새, 돼지머리 삶는 냄새, 명란젓, 창난젓, 밴댕이젓, 곤쟁이젓 냄새까지. 사라져가는 것들, 급변하는 세상의 한구석에서 발버둥 치며 겨우 살아있는 오래되고 촌스러운 것들을 보고 있으면 애잔해진다. 북을 때리며 우스꽝스럽게 춤추는 엿장수가 쓸쓸해 보였다. "징이 울린다 막이 내렸다/ 오동나무에 전등이 매어달린 가설무대/ 구경꾼이 돌아가고 난 텅 빈 운동장/ 우리는 분이 얼룩진 얼굴로/ 학교 앞 소줏집에 몰려 술을 마신다"던 신경림의 시 「농무」 한 구절을 떠올렸다.

천막 주점에 앉아 벚굴과 은어튀김을 먹었다. 막걸리도 마셨다. 동행한 친구가 마침 생일이라 재첩비빔밥 가운데다 은어튀김을 초처럼 꽂아놓고 축하했다. 나는 꽃잎 하나를 주워와 친구의 막걸리 사발에 띄워주었다. "어느 지나간 날에 오늘이 생각날까" 귀에 익숙한 이문세의 노래가 스피커에서 흘러나왔다. 문득 꽃잎과 생일, 살아있음과 소멸에 대해 생각했다.

우리는 살면서 죽고 죽으면서 산다. 지금 이 순간에도 우리는 소멸 중이다. 그게 그렇게 슬프고 안타까울 수 없는 나는 자꾸만 현존하는 소멸, 소멸하는 현존을 향해 마음이 기울어진다. 생일은 기쁜 날이지만, 거듭될수록 우리를 죽음에 가깝게 한다. 생일은 곧 소멸의 진행을 확인하는 날이다. 입술을 내밀어 생일 케이크의 촛불을 불어 끄는 순간도 소멸이 진행되는 시간의 흐름 속에 금세 과거가 되어버린다. 꽃잎도 그러하고, 엿장수도 그러하고, 내 앞의 친구도 그러하다.

꽃도 삶도 사랑도 진다. 영원한 것은 저 강물처럼 흐르는 시간뿐이다. 시간의 흐름이 우리를 끊임없이 흩어간다. 그래서 어쩌라고. 그냥 오늘을 사는 것밖에. 소멸하는 지금 이 순간을 어떻게든 기억하는 수밖에 없다. 꽃은 지기에 아름답고, 만남은 이별이 예정돼 있으므로 소중하다는 말은 너무 상투적이지만, 나는 다시 꽃비를 맞기로 하고 주점에서 나왔다.

화개장터를 빠져나와 쌍계사 가는 길도 벚꽃이 지천이었다. 하늘을 뒤덮은 벚꽃잎들 사이로 햇살이 눈부셨다. 바람이 불

자 꽃잎이 머리 위로 흩날렸다. 나는 이 세상을 더 사랑하기
로 했다.

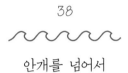

38

안개를 넘어서

"너무 멀고 험해서/ 오히려 바다 같지 않은/ 거기 있는지조차/ 없는지조차 모르던 섬"이라고 했던가. "가고, 보이니까 가고, 보이니까 또 가서 마침내 살 만한 곳이라고 (…) 보라는 듯이 살아오는 땅"(조태일, 「가거도」) 가거도에 다녀왔다.

목포까지 차로 네 시간, 목포여객선터미널에서 하루에 한 번 운행하는 여객선을 타고 또 다섯 시간을 가야 발 디딜 수 있는 섬이다. 그것도 바다 날씨가 좋을 때 얘기다. 안개가 짙게 끼는 바람에 배로만 여덟 시간이 걸렸다. 새벽 두 시에 서울에서 출발해 오후 네 시가 돼서야 도착했다.

오직 낚시를 위한 여행, 가거도 본섬에서 멀리 떨어진 중간 간여 갯바위에 내려 루어낚시로 농어를 낚아냈다. 밤새 갯바위에서 비박하며 셀 수 없이 많은 볼락을 잡기도 했다. 하이라이트는 참돔 루어낚시를 문 '바다의 폭군' 부시리와의 한판 승부였다. 씨름 끝에 갑판으로 끌어올리고 보니 1미터짜리 대물이었다. 손맛 아니라 '몸맛'을 만끽했다.

농어, 방어, 부시리, 우럭, 볼락, 쏨뱅이, 돌돔 등 낚시로 잡은 각종 생선들과 해삼 내장, 자연산 전복, 흑산도 홍어까지. 가거도 밥상은 끼니마다 환상적이었다. 그렇게 잘 먹고 놀면서 며칠을 보냈다.

목요일부터 바다가 수상했다. "바다가 왼종일 새앙쥐 같은 눈을 뜨고 있었"(김춘수, 「처용단장」)다. 안개는 바다 너머에 무엇이 있는지 도무지 말해주지 않았다. 그럴수록 바다는 자꾸 음흉하고, 다 지워진 수평선을 보고 있으면 몽롱했다. 여객선이 제시간을 한참 지나서야 들어왔다. 안개가 더 자욱한 다음 날엔 아예 출항 못 했다. 해무에 덮인 바다를 보며 김승옥의 명문을 고쳤다. "아침에 잠자리에서 일어나 밖으로 나오면 밤사이에 진주해온 적군들처럼 안개가 가거도를 삥 둘러싸고 있었다"라고.

낚시와 진수성찬의 기쁨은 어느새 불안으로 바뀌어 있었다. 낚시는 재미없고 젓가락 들기도 귀찮았다. 중요한 스케줄이 있어 반드시 섬을 나가야 했다. 토요일 안개는 더 두꺼웠다. 겨울이불을 뒤집어쓴 것처럼 숨이 막혔다. 목포를 출발한 여객선이 안개주의보가 발령되면 곧장 회항한다고 했다. 선착장으로 나가 아무 기척 없는 바다를 오래 바라보았다. 여객선이 가거도까지 온다는 소식에 환호하며 짐을 쌌지만, 배는 흑산도에서 더 나아가지 못하고 돌아갔다.

일행들은 며칠 더 머무르자고 나를 설득했다. 육지로 나갈 방법이 없는데 어쩌겠냐는 것이었다. 내 '중요한 스케줄'은 그들이 보기엔 얼마든지 양해를 구하고 취소하거나 미룰 수도 있는 일이었다. 하지만 내겐 꼭 지켜야 할 약속이고, 응답해야 할 초대였으며, 만나야 할 사람이었다. 그것들을 다 놓친 채 안개에 갇혀 하루를 허무하게 보내느니, 안개를 찢고 나가 만남의 기쁨과 소박한 일상을 붙잡기로 했다.

진도 서망항까지 가는 사선을 수소문했다. 2백만 원, 빚을 내서라도 배를 탈 각오였다. 때로는 시간을 돈으로 살 수 있다. 그게 얼마든 꼭 사야만 하는 시간이 있다. 간절함이 안개를 뒷걸음치게 했을까. 마침 경조사에 참석하는 주민들을 태우고 육지로 가는 배가 있어 거기 함께 탔다. 뱃삯으로 10만 원을 냈다. 망망대해를 헤쳐 진도에 도착했다. 서울까지 가는 고속도로는 그야말로 꽃길이었다.

안개는 확실성을 불확실성으로 바꾼다. 삶도 종종 안개 낀 바다 같다. 맑아서 멀리까지 잘 보이는 날은 드물고, 한치 앞을 몰라 이러지도 저러지도 못한다. 이 세상이 내 힘으로 어쩔 수 없는 우연으로 가득 차 있다는 것을 안개는 말해준다. 그러나 가끔 안개 속으로 몸을 던지면 저쪽에선 결코 알 수 없고 볼 수 없던 것들을 뚜렷하게 만질 수 있다고, 때로는 용기가 불확실성을 확실성으로 바꿔준다고, 안개는 또 나에게 귀띔한다.

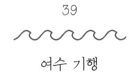

39

여수 기행

올여름 마지막 여행을 다녀왔다. 전남 여수는 유년 시절 아
버지 따라 처음 본 바다를 품고 있는 고장이다. '바다'라고 발
음하면 뒷목이 서늘해지고 입속에 짠맛이 돈다. 눈앞이 파랗
게 저물면서 어디선가 통통배 소리가 들리는 것 같다. 내 내
면에 각인된 바다의 원형은 여수가 준 선물, 백석은 「통영1」
에서 "김냄새 나는 비가 나렸다"고 노래했는데, 내 '처음 바
다'를 향해 가는 길에는 아버지 담배 냄새 나는 비가 내렸다.

대전 지날 때부터 빗방울 잦아들더니 여수는 볕이 쨍쨍했다.
돌게로 담근 간장게장을 먹으러 한 식당에 들어갔다. 여수가
고향인 친구 황종권 시인이 식도락 가이드를 책임졌다. 갓김
치와 젓갈, 생선 조림 등 갖가지 반찬들을 거느린 돌게장을
정말 맛있게 먹었다. 산처럼 쌓인 고봉밥이 금세 사라졌다.
자극적으로 짜거나 달지 않으면서 속살이 탱탱해 물리지 않
았다. 맛있는 음식을 먹으니 서울에서 딸려온 걱정과 잡생각
이 다 사라졌다. 밥도둑이 내 마음까지 훔친 것이다.

친구를 시인으로 키운 섬달천 바다를 찾았다. 근처 마을 조부모님 댁에 가 인사드리고 나오는데, 거동 불편한 할아버지께서 버선발로 마중하며 손을 꼭 잡아주셨다. 마당 장독대에 내려앉은 햇살에서 연필심 냄새가 났다. 돌아가신 할아버지와 고관절 골절로 요양병원에 누워 계신 내 할머니가 떠올랐기 때문일까, 코끝이 따가웠다.

사진작가들이 손에 꼽는다는 섬달천 노을은 황홀한 장관이었다. 그걸 보러 서울에서 다섯 시간을 달려왔다. 그 노을을 덮고 자려고 바닷가에 텐트를 쳤다. 낚시로 잡은 작은 물고기 몇 마리를 회 뜨고 탕 끓여 술 마셨다. 시장에서 산 붕장어와 돼지 목살도 숯불에 구웠다. 둥근 달 모양이라 하여 달천도인데, 눈썹달 곱게 뜬 밤하늘을 머리에 이고 친구 어머니께서 텐트 펼친 방파제로 위문을 오셨다. 직접 담근 묵은지를 집어 뭉텅뭉텅 썰어주시는 어머니 손을 나는 오래 바라보았다. 김치 국물 스미어 발갛게 물든 손이 동백꽃처럼 환했다.

이튿날 점심, 그 귀하다는 '하모 유비끼(갯장어 샤브샤브)'를 먹었다. 여름철에만 맛볼 수 있는 계절 별미로 가격이 만만치 않다. 싱싱한 자연산 갯장어 살을 끓는 물에 살짝 데쳐 먹는 요리인데, 아무리 먹어도 젓가락이 멈추질 않아 당황스러웠다. 황종권 시인 부모님께서 화끈하게 한 판을 더 추가하고, 회까지 시켜주셨다. 친구 잘 둔 복을 제대로 누린 셈이다.

배를 타고 '황금자라 섬' 금오도에 가 전라도 말로 '벼랑길'을 뜻하는 '비렁길' 산책도 하고, 바다에서 해수욕도 즐겼다. 루어낚시로 큼지막한 무늬오징어 두 마리를 낚아 회와 통찜으로 요리했다. 낚시로만 잡을 수 있는 무늬오징어는 하모만큼이나 귀해서 나는 점심에 친구에게 받은 은혜를 어느 정도 갚게 되었다. 밤늦도록 향기로운 술이 비처럼 우리를 적셨고, 새벽에는 정말 시퍼런 비가 쏟아져 꿈결의 숙취까지 깨끗이 씻어주었다.

섬의 노을과 새카만 밤 아래 앉아서 나는 친구에게 "세상은 예전이나 지금이나 늘 아름답고 신기한 곳인데, 세상에 익숙해진 나는 점점 감동하지도 않고 또 놀라지도 않는다"고 말했다. 세상은 그대로이나 나는 자꾸 덤덤해진다. 삶에서 점점 경이에의 경험을 잃어버리는 게 안타까워 한 소리다. 부지런히 여행을 다니는 것도, 시간만 나면 산과 물로 걸음을 옮기는 것도 어쩌면 삶의 경이로운 순간들을 애써 회복하려는 안쓰러운 몸짓인지 모른다.

금오도 밤하늘은 그런 내 마음을 읽었는지 그날 새벽 내내 생전 처음 보는 경이로운 천둥벼락을 해변에 내리꽂았다. 민박집 티브이와 냉장고 콘센트를 서둘러 뽑고, 이불 속에 잔뜩 웅크린 채 떨면서 겨우 잤다. 아침 하늘은 새벽의 흉포한 몽유병을 전혀 기억 못 한 채 그저 맑았고, 그 맑은 하늘 아래 펼쳐진 모든 풍경은 다 새롭고 낯설었다. '감동하는 마음'을 회복하는 데는 역시 여행만한 게 없다.

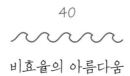

40

비효율의 아름다움

부안 위도 갯바위에서 60센티미터가 넘는 광어를 잡았다. 자연산 광어회를 안주 삼아 대낮부터 술을 마셨다. 함께 간 친구들이 열광했고, 나는 낚시인의 긍지와 자부심에 취했다. "자연산은 배가 하얗고, 양식은 얼룩덜룩해. 이만큼 큰 걸 '빨래판 광어'라고 부르는데, 너희가 어디 가서 이런 걸 먹을 수 있겠냐. 따라온 보람이 있지?" 어깨에 힘을 잔뜩 주고 일장연설을 했다. 행복한 낮술이었다.

그러나 그 광어를 잡기까지 들어간 비용과 시간, 노력을 생각하면 목으로 넘어간 것은 술이 아니라 쓰디쓴 눈물이다. 낚시에 서툰 친구가 내 낚싯대를 부러뜨렸다. 나도 낚시 장면을 촬영하다가 액션캠을 바다에 빠뜨리고 말았다. 그렇게 날려먹은 돈이 20만 원 넘는다. 그 돈이면 다금바리도 사 먹을 수 있다. 그뿐이랴. 낚시 장비를 짊어 메고 길도 없는 산중을 헤쳐 미끄러운 갯바위를 오르내리는 일은 온몸이 걸리는 중노동이다.

속 쓰리지만 내 손으로 잡은 물고기를 친구들과 나눠 먹는다는 기쁨이 커 손해를 셈하지 않았다. 따져보면 낚시는 비효율적 활동이다. 횟집에서 사 먹으면 비용과 시간을 절약할 수 있다. 사실 맛도 더 좋다. 하지만 '분위기'라든가 '기분'은 얻을 수 없다. 낭만은 돈으로 살 수 있는 게 아니다. 갯바위에서 고생한 이야기, 손맛의 무용담이 술상에 오르는 동안 부러진 낚싯대와 잃어버린 액션캠마저 술안주가 되었다. 보름달이 파랗게 엎질러질 때까지, 밤바다는 꿈결 같았다.

가끔 집으로 손님들을 초대해 직접 요리한 파스타와 스테이크 따위를 대접하곤 한다. 그날은 한나절 내내 손님 맞을 준비로 분주하다. 집 청소를 하고, 장을 보고, 재료들을 다듬어 정성껏 요리하고, 접시에 보기 좋게 담아 상에 올린다. 사 먹는 것보다 더 비싼 돈을 들여 다섯 시간 동안 차려낸 저녁상이 한 시간 만에 설거지거리가 되어도 허탈하지 않다. 요리하는 과정의 즐거움은 물론이고, 음식을 맛본 손님들 얼굴이 환해지는 순간의 기쁨 같은 것들이 삶을 더 아름답게 만든다는 사실을 잘 알기 때문이다.

비효율적임을 알면서도 그 일이 가져다주는 가치를 귀하게 여기는 태도는 '욜로'와 다르다. '비효율의 아름다움'에는 내 유익의 추구만 있는 게 아니라 나를 희생해 타자와 함께 행복하려는 이타적 정신도 포함된다. 허영심이나 속물근성에서 비롯한 과소비는 지양해야 하지만, 세상 모든 것에 '비용 대비 효과'의 공식을 적용해 효율성만 강조하면 우리 삶엔 낭만과 정신적 가치들이 사라질 것이다. 시가 소멸하고, 돈 안 되는 것들은 전부 허섭스레기가 되는 세상, 어쩌면 이미 와 있는지 모른다. 노동과 생산, 부의 축적만을 위해 살아가는 건조한 세상으로부터 도망치기 위해 나는 낚시를 간다. 돈 들이고 고생해서 잡은 물고기를 친구들과 나눠 먹는 행복은 어떤 효율로도 살 수 없는 것이다.

낚시에는 비효율의 아름다움이 있다. 나는 모든 비효율적 행위 중에서도 특히 비효율적인 낚시를 사랑한다. 낚시를 해야만 내 삶의 효율이 상승한다는 것은 역설적이다. 온갖 번민과 고뇌, 스트레스를 해소하는 데에 낚시만큼 가성비 뛰어난 방법이 또 있는지 나는 잘 모르겠다.

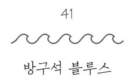

41

방구석 블루스

밥벌이 몇 개를 다 잃어버리고서는 정말 말도 안 되게 글을 써서 즉석밥과 라면을 사 먹고 있다. 상금 천만 원짜리 문학 상을 수상한 것도 아니다. 그랬으면 지금쯤 아이슬란드 블루 라군에서 한가롭게 때 밀고 있을 텐데.

아무튼 이런저런 글들을 써서 전기료도 내고 가스비도 내고 방값도 내고 차도 굴리고 술도 마신다. 그래봤자 남들 월급 반의반도 안 된다. 옷이나 신발 같은 치장에 관심이 없어 몇 년째 사지 않았더니 수입과 소비의 균형이 잡혔다. 고급 술집 이나 괜히 비싼 헤어숍, 사우나, 카페 같은 데 안 다니는 것도 나름 창조경제. 그러나 분명 소비만 억제하는 게 아니라 수익도 창출하고 있다. 그것도 무려 글을 써서.

내가 글 써서 돈 버는 위대한 사람인 걸 모르는 친구들은 전 화만 하면 방구석에 있으니 노는 줄 안다. "어디야? 집이야. 뭐해? 일해. 무슨 일? 글 써. 일 같은 소리하네. 일이라니까.

시끄럽고, 나와 술 먹게. 일한다고 일!"

아아, 그런데 정말 슬픈 건 글 쓰는 데 드는 시간과 노동력이 어마어마하다는 것이다. 남들 하루 걸릴 거 사나흘 걸린다. 재주가 없으니 온몸으로 쥐어짜내야만 하고, 그건 반드시 스트레스와 여러 부작용을 초래한다. 감기몸살도 그렇다. 마감일이 임박하자 방구석에 틀어박힌 채 감나무 아래 입 벌린 사람처럼 '문장아 떨어져라' 종일 기다린 것이다. 씻지도 않고 밥도 안 먹고 팬티 바람으로 그러고 있으니 면역력과 체력이 저하된 몸을 반지하의 냉기가 후려친 것이다. 결국 원고지 20매에 해당하는 금 같은 돈으로 장을 봐 백숙을 끓여 먹었다. 독한 고뿔이 좀처럼 떨어지지 않는다.

육체의 피로와 정신적 스트레스가 겁나서인지 글을 쓰려고 앉기만 하면 자꾸 그 자신 없는 노동으로부터 도피하려 한다. 스마트폰 게임을 하거나 유튜브 동영상들을 보거나 갈 수도 없는 해외 오성 호텔들의 객실을 살펴보는 식이다. 하기 싫은 일은 꼭 하고 싶은 일을 끌어당기는 법이라 글 쓰는 데 가장 방해되는 건 역시 낚시다. 정말이지 인터넷 초창기 시절 정보의 바다를 항해하던 누리꾼처럼 맹렬한 웹서핑이다.

그러다 보면 꼭 뭔가를 사지 않고는 못 배기게 된다. 사고 싶은 건 왜 그리 많은지, 또 나만 없는 것 같은 것도 뭐 그리 많은지, 이것만 있으면 쏘가리 수십 마리 잡을 수 있을 것만 같은 용품들이 내 마음을 살랑살랑 간질인다. 그렇게 결국 결제 버튼을 누르고 만다. '이 글만 다 쓰면, 원고료만 받으면 낚시 가야지' 생각하며 일종의 가불 개념으로 가상의 원고료를 내 계좌에 입금시키는 것이다.

그러면 다음 달 카드 명세서가 빽빽하다. 반면 원고료가 들어온 통장은 함축과 절제와 여백이 잠깐 머문 자리에 곧 각종 공과금이 만연체로 휘갈겨진다. 제로와 마이너스가 주는 초조와 불안, 강박 같은 것과 몇 계절 내내 싸웠다.

그래도 내 취향과 취미, 좋아하는 것에 아낌없이 돈 쓴 게 지금껏 스트레스를 이겨온 비결이다. 내 할 일 마치면 '열심히 일한 당신, 떠나라' 이거다. 그렇게 몇 해를 버텼다. 중간중간 여행도 다녀왔지만 그건 글로 돈 번 것과 무관하다. 대출 받아 다녀왔기 때문이다.

가끔 아니 아주 빈번하게 지인은 물론 데면데면한 사람, 생판 처음 보는 이들까지 묻는다. "도대체 뭐 먹고 살아요? 무얼 해서 생계를 유지해요?"라고. 나는 대답한다. "글 써서 밥 먹고 살지요." 그러면 그들은 "여행은 어떻게 다니고 낚시는 또 어떻게 다녀요?" 물으며 한마디를 덧붙인다. "오늘만 사는가 봐요?"

내가 대답한다. "아니요. 내일을 확신해서 오늘에 충실한 겁니다."

그래, 나는 내일을 확신하기에 오늘만 산다. 밥벌이를 위한 글이 고된 노동이 되어 내가 쓰고 싶은 시를 마음껏 못 쓰는 건 슬프지만, 노동의 숭고함을 그래도 내 한 청춘 붙잡고 씨름한 '글'로 만끽한다는 건 눈물겹게 아름다운 일이다. 나는 기어이 하찮은 재주로 또 한 편의 원고를 다 완성시키고 말 테다. 그렇게 해서 내 노력보단 초라하고 재주보단 과분한 원고료를 손에 쥐고 또 어디론가 떠날 테다. 얼어붙은 땅 위에 천막을 치고 낚시로 잡은 고기를 모닥불에 구워 먹을 거다. 글 써서 돈 버는 일이나 구석기의 밤이나 거기서 거기다.

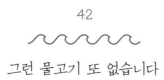

42

그런 물고기 또 없습니다

쏘가리! 아아, 황홀한 이름!

아버지 따라 낚시터에서 자란 나는 어린 시절부터 이십여 년
간 여러 종류의 낚시를 해왔지만 쏘가리 낚시처럼 미쳐서 몰
입하진 않았다. 주로 붕어 낚시를 하던 내가 쏘가리 낚시를
시작한 건 몇 해 전이다. 강물 속에 몸을 담그고 자연과 조화
하는 기분도 근사하지만, 쏘가리는 승부욕을 자극한다. 단순
히 잡고 못 잡는 문제가 아니다. 낚시를 천렵이라고 하지만
쏘가리 낚시는 내 안의 수렵 본능, 그것도 호랑이와 맞닥뜨
린 포수의 긴장을 흔들어 깨운다. 그것은 쏘가리가 지닌 희소
성과 압도적인 아우라 때문일 것이다.

우선 그 자태부터 다른 물고기와 비교를 거부한다. 온몸에 금
빛을 두르고 진한 범 무늬를 촘촘히 박은 모습을 보면 아름
다움을 넘어 경외감이 느껴진다. 황제의 왕관을 연상시키는
등지느러미는 또 어떤가. 낚시에 끌려오는 쏘가리를 보면 금

덩어리가 내게로 오는 듯한 황홀감이 든다. 쏘가리는 맑게 흐르는 물에서만 살며 다른 물고기를 잡아먹는 어식어魚食魚로서 강계의 먹이사슬 최상위에 위치한다. 무리 지어 생활하지 않으며 정해진 먹이활동 때 외에는 바위틈에 엎드려 잘 움직이지도 않는 단독자다. 이런 쏘가리를 강의 호랑이, 강계의 제왕이라 부르는 것은 당연하다. 우리나라와 중국에 서식하는데, 중국 쏘가리는 그 외모부터 우리 쏘가리와 한참 다르다. 우리 쏘가리는 정말 찬란하게도 아름답다.

그 맛은 또 얼마나 환상적인지 회는 웬만한 바다 생선보다 달고, 탕은 소고기로 끓인 것 같다. 단양의 유명 쏘가리 식당에서 회는 1킬로그램에 18만 원, 매운탕은 한 냄비에 10만 원을 호가한다. 이런 연유로 쏘가리는 불법 밧데리꾼, 작살꾼 등으로부터 괴롭힘을 당한다. 원래 잡기 어려운 물고기인데, 불법 어로행위가 판을 치니 쏘가리 보기는 점점 하늘의 별따기가 되어간다.

쏘가리는 주로 루어낚시를 통해 잡는다. 루어낚시란 살아있는 미끼가 아닌 가짜 미끼로 물고기를 현혹시키는 낚시다. 쏘가리 루어낚시는 발로 한다. 포인트를 찾아 산을 넘고 강을 건너는 일은 쏘가리꾼의 의무다. 그렇게 포인트에 진입하면 아침부터 밤까지 강물에 몸을 담근 채 강안으로 강심으로 여울머리로 여울꼬리로 수중바위로 깊은 소로…… 루어를 던지고 감기를 어림잡아 천 번쯤 반복한다. 몇 시간 지나 어깨와 팔목이 뻐근해질 때쯤이면 쏘가리는 전설 속의 물고기인 것만 같다. 그러다가 뭔가 묵직한 게 걸려 쿵쾅거리는 가슴으로 릴을 감아보면 귀신 머리칼 같은 물풀 한 덩어리, 바다거북 같은 비료포대가 끌려 나온다. 그쯤 되면 우리 강산에 물고기는 없다며, 그 어떤 생명체도 존재하지 않는다며, 여기가 지구인지 화성인지 모르겠다며 좌절한다.

어느새 강가엔 아무도 없고 칠흑보다 더한 구두약 어둠뿐이다. 나무만 봐도 귀신 같고, 내 옷 부스럭거리는 소리에 내가 놀라 자빠진다. 한 개에 만오천 원이나 하는 값비싼 루어 몇 개를 강바닥에 잃어버리고 욕을 하면서 새 루어를 줄에 묶다가, 바늘에 손가락이 찔려 피라도 철철 흘리면 정말이지 낚싯대를 분질러버리고 싶다. 바늘을 빼내려 헤드랜턴을 켜는 순간, 우주의 모든 날벌레들이 내 눈과 코와 입으로 달려든다. 억울한 일도 없는데 억울하고, 서러운 일도 없는데 서럽다. 그러다가 정말 딱 한 마리, 낚싯줄을 타고 와 손으로 전달되는 그 일만 볼트 금빛 전류 한 방이면 오르가슴이다. 그야말로 원더풀 월드다. 천 번의 캐스팅 끝에 한 마리, 그 맛에 쏘가리 낚시를 끊을 수 없다. 999개의 허공과 허무와 초조함은 한 마리 쏘가리에 비하면 오히려 턱없이 싼 대가다.

어둠 속에 길을 잃어, 세워둔 차를 찾기까지 암중모색이다. 낮에 있던 길이 밤 되니 사라져 내 키보다 더 큰 수풀을 헤치며 길을 만들어서 간다. 억센 줄기가 발목을 붙잡을 때면 소름이 돋는다. 간신히 차를 찾아 시동을 걸고 실내등에 얼굴을 비추면 거지도 이런 거지가 없다. 그럼에도 집에 도착해 물비린내와 땀내에 절은 웨이더와 웨이딩부츠를 씻어 널어 놓자마자 다시 강가로 달려가고 싶다. 거기 산이 있으니 산에 오른다는 사람처럼, 거기 쏘가리가 있으니 소갈증 앓는 환자마냥 목말라서 강가로 간다. 이 소갈머리 없는 '쏘갈병'은 마땅한 치료약도 없기 때문이다.

얼마 전 나는 '내 생에 영원히 남을 화려한 축제'를 경험했다. 올해 마지막 낚시를 간 섬진강에서 무려 50센티미터 대형 쏘가리를 낚아낸 것이다. 그 흥분과 환희, 감동에 덜덜 떨었다. 등단한 것보다 군대 전역보다 더 기뻤다. 그리 길진 않지만 한평생처럼 느껴지는 내 쏘가리 낚시 인생의 최대어인 데다 그 잡기 힘들다는 11월 쏘가리였기 때문이다. 그 뒤로 한 며칠은 혼자 화장실 다녀오다가도 허공에 어퍼컷 세리머니를 했다. 빈손으로 돌아오던 그 수많은 밤들, 애처로운 날들의 보상이었다. 누가 백만 원 아니 일억 원을 준다고 해도 절대 바꾸지 않았을 것이다.

살면서 이룬 아름답고 위대한 일 앞에 나는 낮게 엎드린다. 자연이 준 선물 앞에 겸허할 뿐이다. 그러나 내가 가진 기술로, 내가 예상한 곳에서, 내가 의도한 바대로 거둔 이 황금빛 성공을 더 우쭐해해도 괜찮다. 이 축제를 나는 당분간 계속 만끽할 테다.

다음 생에는 쏘가리로 태어나야겠다. 강을 유유히 헤엄치며 물고기의 왕 노릇 하는 것도 좋지만, 그것은 철저히 그 후생에 대한 치밀한 설계다. 지피지기백전백승이니 그다음 생에 다시 낚시꾼으로 환생해 전생의 쏘가리 습성을 기억해낸다면, 아마 가는 곳마다 수십 마리 쏘가리를 잡을 수 있을 테니 말이다.

벚꽃 필 무렵이면 겨우내 움츠렸던 쏘가리들이 활동을 시작한다. 그때 동료 시인 몇과 함께 섬진강에 가야겠다. 시인들이 벚꽃 그늘 아래서 낮술 마실 동안 나는 강물 속에서 황금을 캘 것이다. 그렇게 꿈같은 한나절, 금보다 귀한 쏘가리 두어 마리, 앙증맞은 꺽지 몇 마리 들고 꽃그늘로 가 시인들에게 세상에 다시없을 술상을 차려주겠다.

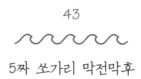

43

5짜 쏘가리 막전막후

11월 2일 아침, 흑석동서 내 친구 황종권 시인과 만나 섬진강으로 달렸다. 정안휴게소에서 12시쯤 점심을 먹었다. 늘 돈가스를 먹는 내가 돌솥비빔밥을 먹었다. 돈가스는 내 대신 종권이가 먹었다. 나한테 세 조각이나 베풀었다.

오후 두 시 반이 돼서야 낚시를 시작했다. 똥바람이 엄청 불고, 추웠다. 물은 얼음처럼 차가웠다. 그래도 열심히 던지고 또 던졌다. 발이 시리고 손끝이 저렸다. 악조건에서 꺽지 한 마리를 잡았다. 춥고 배고프자 마구 슬퍼져서 여섯 시에 낚시를 접었다. 한 마리 꺽지라도 튀겨 먹을까, 두 마리만 됐어도 오병이어 기적을 일으킬 텐데…… 아쉽지만 내일 어복을 꼭 가져다주라고 단단히 이르고는 물로 돌려보냈다.

매운탕집에 들어오자마자 주인 영감께 역정을 냈다. "영감님이 많이 잡으라고 해서 한 마리도 못 잡았잖아요!" 낚시꾼에게 건네는 인사로는 "손맛 많이 보세요.", "재밌게 하세요."

정도가 적당한 것 같다. 언 몸을 녹이며 저녁 메뉴를 고민했다. 낚시꾼이 매운탕을 사 먹자니 자존심이 허락하지 않았다. "여기 닭도리탕 하나 해주세요!"

닭도리탕 안주로 종권과 소주 일곱 병을 깠다. 주인 영감 냉장고에서 배도 두 개 서리해 깎아 먹었다. 내일은 잡을 수 있냐고 묻는 종권의 순진한 두 눈을 바라보니 한없이 서글퍼져 간신히 "으, 응……" 대답하곤 조용히 술만 마셨다. "그래도 같이 바람 쐬고 좋지 모처럼!", "이런 닭도리탕을 또 어디서 먹냐?", "낚시는 세월을 낚는 것이니까!" 술자리는 어느새 '제1회 섬진강 자기위안 대회'가 되어 있었다. 처음 같이 와서 낭패를 본 종권에 대한 배려로, 예전에 잡은 쏘가리, 꺽지 사진을 조잡하게 보정해 실시간 사진인 양 SNS에 올려주었다.

티브이에 나오는 한 휴먼 다큐멘터리를 보며 둘이서 꺼이꺼이 울다 잠들었다. 아침에 일어나니 눈이 팅팅 부어 있었다. 공기 좋은 동네라서 그런지 숙취는 전혀 없었다. 해장 메뉴를 고민했다. 물고기 들어간 건 자존심 상해서 안 먹으려는데, 주인아주머니가 황태해장국을 끓여 백반을 차려줬다. 바닷물고기니까 그냥 먹었다.

날이 따뜻했다. 어제보다 기온이 2~3도는 오른 것 같았다. 수온도 분명 올랐을 테니, 쏘가리의 활성도도 높을 거라 기대했다. 늦가을 쏘가리는 여울에서 내려와 깊은 소에서 먹이활동을 하며 월동을 준비한다. 입질이 예민하고, 움직임이 제한

적이라 미노우보다는 지그헤드에 웜을 끼워 바닥까지 내리는 낚시를 해야 입질을 유도할 수 있다. 11월에 쏘가리 잡기는 상당히 어려운 일이다.

그런데 괜히 미노우를 쓰고 싶었다. 평소에는 귀찮아서 잘 하지도 않는 쇼크리더를 맸는데, 무슨 생각인지 원래 묶는 2호 줄이 아닌 장력 12파운드짜리 3호 채비를 했다. 거기에 딥 타입[1]의 미노우를 달아 던졌다.

다섯 번째 캐스팅 만에 강심의 물골에서 입질을 받았다. 아주 천천히, 느리게 연출하는 액션에 반응했다. 손에 전해지는 입질의 진동만으로도 쏘가리임을 알 수 있었다. 30센티미터 크기의 눈부신 금린어! 감격스러웠다.

여울에서 꺽지 낚시하며 계속 꽝치던 종권이가 내 쪽으로 왔다. 그러자 입질이 뚝 끊겼다. 종권이가 저쪽으로 갔다. 그러자 또 한 마리 아름다운 쏘가리가 나왔다. 이번엔 빠르고 큰 액션에 반응했는데, 내 바로 앞에서 물었다. 이제 됐다. 충분하다. 고전 중인 종권을 도와 꺽지 낚시나 할까, 에이 그래도 한 마리만 더 잡아보자.

종권이가 다시 스멀스멀 내 쪽으로 왔다. 상류에서부터 몰고 온 꽝의 기운이 느껴졌다. 그런데, 저쪽 강심 수중바위 지

---

1. 깊은 수심까지 내려가는 형태

대로 캐스팅한 후 천천히 저킹[1]과 리트리브[2], 스테이[3]를 반복하는데 미약한 입질을 받았다. 그러더니 이내 강바닥이 뽑혀 올라오는 듯한 어마어마한 당길심, 꾹꾹 물 깊은 곳으로 처박으려는 멧돼지 같은 힘에 팔과 어깨가 저릴 정도였다. 손맛이 아니라 몸맛을 느끼며 팔씨름대회 결승처럼 용을 썼다.

수면 위로 모습을 드러낸 건 5짜 쏘가리, 아니 5백 돈 금덩어리였다. 누런 황소 한 마리가 물 위를 헤엄치고 있었다. 물고기가 아니라 내 짧은 쏘가리 낚시 인생 전부가 저쪽에서 나를 향해 오고 있었다.

뜰채가 없다! 성급하게 줄을 잡았다가는 채비가 터진다. 그러나 세게 묶은 쇼크리더를 믿기로 하곤 줄을 잡은 채로 대물 쏘가리를 살살 물 밖으로 데리고 나갔다. 그러다 강기슭에서 용틀임하는 괴력에 놓칠 뻔했다. 쏘가리보다 내가 더 바들바들 떨었다.

간신히 물 밖으로 끌어냈다. 주먹을 불끈 쥐고 세리머니를 했다. 시인 등단보다 월드컵 4강보다 더 기뻤다. 거기서 바로 낚시를 접었다. 매운탕집 손님들이 다 나와서 구경했다. "저기 아랫마을 압록에 가면 이거 20만 원에 사간당께요.", "워메,

---

1. 낚싯대를 세게 움직여 루어를 격하게 움직이는 액션 방법
2. 릴을 천천히 감는 것
3. 아무런 움직임 없이 가만히 루어를 방치하는 액션 방법

이런 물고기가 저 강물에 있어라?" ······ 이 정도는 종종 잡는다는 듯 안면근육으로 허세를 떠느라 턱관절이 저려왔다.

곡성읍 낚시점으로 가서 당당하게 "계측 좀 할게요!" 외쳤다. 낚시점 사장은 "저기 계측자 가져다가 하세요." 시큰둥했다. 나는 괜히 "혼자는 못해요. 도와주셔야 해요." 너스레를 떨었다.

"뭐 얼마나 큰 놈을 계측한다는 거예요?"
"아니, 계측할 만하니까 하는 거죠!"

살림통을 열어 쏘가리를 슬쩍 보여주자 그의 태도가 바뀌었다. 그가 안에 있던 친구에게 "야, 나와서 5짜 쏘가리 구경해라!" 외칠 때, 그게 뭐라고 나는 또 소름이 돋았다. 동네 노인부터 오토바이 타고 가던 아저씨, 구멍가게 주인 등등 다 모여 구경했다. 계측 결과 정확히 50센티미터. 사장은 축하한다며 돈도 안 받고 생수 한 병을 그냥 줬다. 어깨가 산맥처럼 융기했다.

누가 수백만 원을 준다고 해도 절대 바꾸지 않았을 거다. 누가 작살질, 밧데리질로 5짜 6짜 쏘가리 잔뜩 잡는 법을 알려준다고 하면 그 자 얼굴에 침을 뱉을 거다. 서울로 오는 길에 종권에게 말했다. "결혼이고 취업이고 내 집 마련이고 출세고 뭐든 못하겠냐? 나는 5짜 쏘가리를 잡은 사람인데!"

얼마나 뿌듯한지 그날 밤 늦도록 잠들지 못했다. 천장에 쏘가리가 헤엄쳐 다니고, 손에는 여전히 진한 손맛의 진동이 덜덜거리는 후유증은 이후 며칠 동안 더 지속되었다.

아, 대물 쏘가리여! 한 생애를 다해 내게로 와준 당신, 내 열정의 물고기 앞에 나도 내 생의 일부를 바친다. 내년에도, 10년 뒤에도, 50년 뒤 어느 가을날에도 내가 강가에 서서 물속 바위를 두드리면 나를 반갑게 맞아주기를!

44

어떤 변명

SNS에 낚시로 잡은 물고기 사진 올리면 댓글로 물고기가 불쌍하다고 말하는 분들이 있다. 나도 그렇게 생각한다. 잡힌 물고기는 불쌍하다. 바늘에 걸린 걸 바라보고 있으면 측은하다. 특히 죄 없이 크고 맑기만 한 똥그란 눈을 보고 있노라면 정말 불쌍해 죽겠다.

그런데 그걸 잡자고 고생한 내가 더 불쌍하다. 내가 더 불쌍하기 때문에 잡은 고기를 맛있게 먹는다. 무슨 황당한 논리냐고 따져도 할 수 없다. 내 불쌍함이 물고기의 불쌍함을 상회한다. 그걸 위로하려면 고생해서 얻은 결과물을 알뜰히 먹는 수밖에 없다.

졸음과 싸우며 왕복 7백 킬로미터 장거리운전이야 말할 것도 없고, 차가 고장 나거나 진흙에 빠져 견인차를 부르는 일은 생각만 해도 끔찍하다. 여름 대낮의 폭염, 혹한의 추위는 기본이다. 강물에 휩쓸리고, 파도치는 갯바위에 고립되고, 산 넘다가 길 잃고, 철책 넘어 귀순한 인민군처럼 거지꼴로 귀가할 때도 많다. 쏘가리 한 마리 잡으려고 어떤 고생을 하는지 말하려면, 가슴이 먹먹해지곤 한다.

낚싯줄과 바늘은 신비의 물체, 이것들에는 생명이 깃들어 있다. 아무 짓도 안 했는데 지들끼리 엉키고 꼬이고 엄한 데 가서 박힌다. 여름밤에 꼬인 줄 푸느라 땀 뻘뻘 흘리며 모기들한테 물어뜯기면 낚시고 뭐고 주저앉아 울고 싶어진다. 겨울 바람에 손이 곱아 잘 안 묶어지는 줄을 붙들고 있다 보면 엄마가 보고 싶다. 줄이 릴 스풀 안쪽에 엉망으로 감기거나 붕어 낚시하다 낚싯대끼리 뒤엉키거나 하면 낚시를 처음 시작한 인류의 조상을 찾아가 멱살 잡고 싶다. 바늘이 옷에 걸리는 건 흔한 일인데, 어쩌다가 등허리 쪽 손도 닿을 수 없는 곳에 박혀 내가 나를 낚고 있는 꼴이 되면 실성한 놈처럼 웃음만 나온다. 뜰채나 살림망 그물에 걸리는 것도 심각하지만 가방 지퍼 같은 데 가서 박히면 구제불능이다.

잡는 순간의 기쁨과 희열이 그 모든 고생보다 큰 경우 안 먹어도 배부르다. 쏘가리가 그렇다. 너무 아름다워 황홀하다. 그걸 보기 위해 고생하면서 잡는다. 때로는 붕어도 그렇다. 찌 올림에 넋이 나가 감탄하면 그걸로 충분하다. 그 황홀경 때문에 잡는다. 보기 위해 잡는 고기 있고, 먹기 위해 잡는 고기 있다. 보는 것만으로 고생을 상쇄시키면 그걸로 끝이다. 하지만 어떤 물고기는 맛있게 먹어야만 고생한 걸 좀 잊게 한다.

나는 내가 불쌍하다. 그래서 오늘도 맛있게 먹는다. 볼락회와 볼락구이다. 비 오는 날 이보다 더 좋은 안주가 어디 있을까. 이것들 잡으려고 추운 겨울날 길가에서 고장 난 차 붙잡고 다섯 시간 씨름했다. 꼭 그런 해프닝이 아니더라도 대체로 보면 물고기보다 내가 더 불쌍하다.

남이 그물로 잡은 것을 생선장수가 토막내주는 대로 사와서 아무 성찰 없이 끓여 먹는 저녁상보다 내가 차린 술상이 더 아름답고 인간적이다. 어차피 인간에게 먹힐 운명이라면, 인간 아니더라도 상위 포식자에게 잡아먹힐 처지라면, 물고기와 일대일로 마주 싸워 지기도 하고 때로 이기기도 하며, 그 눈을 보면서 미안해하기도 하고, 손수 그 몸의 물기를 닦고 정성스레 숨을 거두는 내 수고로움을 물고기도 아마 더 기뻐할 것이다.

다음 생에는 내가 새우나 지렁이로 태어나면 되잖아?

45

물

물은 바위 속으로 흘러들어 결코 부서질 것 같지 않던 견고함에 균열을 낸다. 변형이나 분열, 증식을 좀처럼 허용하지 않는 돌의 단단함은 결국 파괴되지만, 부드럽고 유연한 물은 오히려 절대 깨지지 않는다. 고정된 것은 오래 존재할 수 없는 반면 흐르는 물은 영속한다. 물은 단순한 물질이 아니라 하나의 정신이자 태도다.

물은 늘 같은 모습인 것 같지만 실은 쉼 없이 형태를 바꾼다. 일시적이고 우연한 것이면서도 영속하며 흐른다. 변화에 유연하고, 이질적인 것들과 융합한다. 가볍고 증발하지만 그 분산된 에너지가 모이면 엄청난 파괴력을 지닌다. 물은 만물을 흩어버리고 또 한데 모은다. 산업화 근대의 견고하고 무거운 형태주의 대신 실용과 편리를 추구하는 포스트모던의 변화 양상도 곧 물의 속성이다. 디지털 기술 발달로 경계와 구획이 없어진 비경계·비구분의 커뮤니케이션 역시 물을 모방한 것이다. 한곳에 정착해 고정불변하지 않고 끊임없이 새로운 곳으로 흘러 이전에 없던 것을 창조한다.

지그문트 바우만은 『액체 근대』에서 "고체와 달리 액체는 그 형태를 쉽게 유지할 수 없다. 유체는 이른바 공간을 붙들거나 시간을 묶어두지 않는다. 고체는 분명한 공간적 차원을 지니면서도 그 충격을 중화시킴으로써 시간의 의미를 약화시키는 반면, 유체는 일정한 형태를 오래 유지하는 일이 없이 지속적으로 변화할 준비가 되어 있다. 따라서 액체는 자신이 어쩌다 차지하게 된 공간보다 시간의 흐름이 중요하다. 왜냐하면 결국 액체는 공간을 차지하긴 하되 오직 '한순간' 채운 것일 뿐이다."라고 말했다. 시간은 물처럼 흐르고, 시간 흐름에 따라 변하고 사라지는 것들도 다 물의 질서에 속해 있다.

물은 무색무취 같아도 흐르는 속도에 따라, 담긴 깊이에 따라 색도 냄새도 맛도 천양지차다. 미생물이나 염분, 규소 등의 미네랄 함량을 따지자면 물이라고 다 같은 물이 절대 아니다. 물은 고여 있어도 흐르고, 한 방향으로 기우는 것 같아도 제자리에서 소용돌이친다. 약하지만 단단하고, 살리면서 죽인다. 나는 쉽게 예측할 수 없으며, 빛과 온도, 맛, 냄새가 다양한 물 같은 사람이 되고 싶다. 뜨거운 술이 되었다가 살얼음 낀 냉수가 되었다가 감염을 피할 수 없는 독이 되기도 하는 사람과 사랑하고 싶다.

나는 당신을 묶어두려고만 했다. 오직 한순간 당신 곁을 채운 것임을 인정하지 못하고 내가 당신에게 영원인 줄 알았다.

고인 물은 물이 아니라서 우리는 증발했다. 물처럼 유연하게 살지 못해서, 물처럼 당신에게 흘러가고 또 당신으로부터 흘러나오지 못해서, 나는 오늘도 물가에 선다. 물이 되고 싶어서, 물이 되고 싶어서.

낚시는 물이 되지 못한 마음들을 반성하고 책망하는 일이다. 물처럼 살겠다는 다짐을 물 위에다 한 번 더 새겨보는 일이다. 손에서 빠져나가는 강물처럼, 놓쳐버린 인연과 흘러간 추억들을 딱 한 번만 더 떠올려보는 일이다.

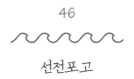

46

선전포고

10년 만에 다시 찾은 화성 봉담읍 덕우저수지. 예전엔 일주일에 한 번씩 쿨러로 붕어들을 퍼 담아가던 곳이다. 그때 이곳 붕어들에게 나는 아돌프 아이히만 혹은 M60을 든 존 람보였다. 캄캄한 수면 위 케미라이트 불빛은 그들의 옆지느러미를 오들오들 시리게 만드는 맹수의 눈빛이었으니, 내 낚시요금 만이천 원은 붕어들의 나이트메어, 내가 던진 카본 1.5호 원줄은 형장의 밧줄이었으리라.

그러나 아아, 권불십년! 내 호시절도 다 지나갔단 말인가. 10년 동안 너희에게 무슨 일이 있었는지 말해다오 붕어들아. 내가 펼친 한 칸 반, 두 칸 반, 세 칸의 낚싯대들을 마른 똥막대기로 만들어버리는 너희의 변심, 그 처연한 복수에 나는 몹시 슬퍼진다.

10년이란 세월은 붕어도 변하게 하는데, 나는 왜 그대로인가. 10년 전이나 지금이나 변함없는 건 내 쓸쓸한 옆구리와 가난

뿐이로구나!

붕어 입질은 멈추었는데 내 입질은 자꾸만 더 맹렬해져 빵과 과자와 삼각김밥과 마른오징어와 맥주를 전광석화처럼 해치웠다. 아아, 붕어를 잔뜩 갖다줄 테니 시래기와 묵은지만 준비해놓으라고 집에다 큰소리 뻥뻥 쳤건만 붕어를 담아야 할 쿨러엔 주전부리 쓰레기만 수북이 쌓여가고, 나는 비겁하게도 밤이슬을 피해 차 안으로 숨어들어 있다.

그러나 붕어들아, 나는 반드시 너희 얼굴을 보아야만 하겠다. 그래, 새벽 세 시까지만 쉬고 다시 물가에 앉자. 내게로 와서 내 분노의 떡밥, 애증의 지렁이를 받아먹으라, 붕어들아!

47

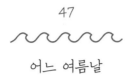

어느 여름날

여름, 이라고 발음하면 몸이 설레고 마음이 가벼워진다. 여름 숲의 물푸레나무 한 그루가 몸속에서 자라나는 느낌이다. 매년 여름방학이면 아버지 손에 이끌려 수많은 강물과 노을, 물고기들, 그리고 별을 만났다. 비수구미, 피아시, 파서탕, 구만리, 서마니, 어성전, 부론리…… 내 영혼에 음각무늬로 새겨진 그 아름다운 이름들! 나에게 여름은 모든 것이 완전했던 유년의 행복을 재현하는 계절이자 금빛 강물처럼 맑게 빛나던 순수한 마음을 회복하는 치유의 시간이다.

상무룡리에서 줄배를 타고 파서탕으로 들어간 유년의 여름, 계곡 바위에 매어놓은 흑염소를 아버지와 방갈로 주인 영감님이 그 자리에서 잡는 걸 보고 어린 마음에 엄청 울었던 기억이 난다. 까만 털 속에서 더 까맣게, 그러나 한없이 반짝이던 선한 눈망울 때문이었다. 해체 작업이 끝나고, 어른들은 주먹돌로 만든 화로에 장작불을 댕겨 석쇠를 얹었다. 그 위에서 흑염소 고기가 노릇노릇 익어가는데, 아…… 그 고소한

191

냄새! 울음도 뚝 그치고 어느새 불가에 앉아 배 터지도록 고기를 입에 넣었다. 줄배를 띄워주고 염소를 잡아준 영감님이 껄껄 웃으며 내 머리를 쥐어박았다. 그분이 집중호우에 의한 산사태로 돌아가셨다는 건 이듬해 수해 관련 뉴스 자막의 사망자 명단을 통해 알게 되었다.

나의 여름은 그 유년의 기억들이 울창한 잎사귀를 뻗어 추억이라는 깊은 그늘을 드리우기도 하고, 뙤약볕 같은 세상살이를 막아주기도 하는, 그런 계절이다.

곡성으로 내려가는 내내 그 방갈로 주인 영감님 생각이 났다. 섬진강에 갈 때마다 묵고 가는 민박 식당의 아주머니 때문이다. 술 되게 마신 다음 날 아침이면 메뉴에도 없는 북어국을 끓여주며 속 풀라고 하시던, 시골의 밤은 춥다며 찜질방처럼 구들을 뜨겁게 데워주시던 그 푸근한 인정에 마음 빚을 많이 졌는데, 지난봄부터 어쩐 일인지 거기 안 계셨다. 사장님께 "아주머니는 어디 가셨어요?" 여쭸을 때 "지금은 없어요." 라는 대답을 듣고는 괜히 불안한 예감이 들어 다시 여쭤보지 못했다. 몸이 좋지 않아 요양차 섬진강에 내려와 식당을 하신다고 했었다. 잠시 어디 가 계신 것이었으면…… 생각날 때마다 마음으로 기도했다.

곡성 표지판이 나타나고, 완전한 초록색 옷으로 갈아입은 산이 눈을 상쾌하게 해주었다. 곧장 물에 들어갔다. 오후 두 시, 물 밖은 일찍 찾아온 더위로 이글거렸다. 선크림을 바르고

선글라스를 쓰고, 완전한 여름의 형식을 갖춘 채 여울을 걸었다. 물속까지 땡볕이 스며들고 있었다.

그저께 내린 비로 흙물이 졌는지 물색이 탁했다. 스피너[1]와 금색 펄 웜만 챙겨오고 빨간 웜을 미처 구비하지 못한 것을 자책했다. 32분의 1온스 지그헤드에 웜을 끼워 돌과 돌 사이, 강바닥을 간질여보았다. 오래 걸리지 않고 탈탈탈, 연인에게 걸려온 전화의 진동처럼 로드를 떨게 하는 꺽지 입질을 받을 수 있었다. 그 진동은 언제나 마음을 들뜨게 한다. 16분의 1온스 스피너에도 곧잘 반응했다. 산란을 마쳐서 배가 홀쭉한 섬진강 꺽지들이 대견했다. 누런 삼베적삼을 걸친 채 제 집으로 쏜살같이 돌아가는 녀석들 뒷모습이 억척스럽게 산 시골 농사꾼처럼 보였다.

노을이 강물 위로 엎질러지는 시간, 여울 상목에서 작은 쏘가리 한 마리가 스피너를 물고 나왔다. 16분의 1온스 지그헤드에 2인치 웜을 끼워 상목 잔잔한 물살에 흘리며 로드를 위로 한 번씩 쳐줄 때 쏘가리 입질을 여러 번 받았다. 그렇게 멋진 섬진강 쏘가리 몇 마리 반갑게 만났다. 짧은 인사 속에 긴 여운을 담아 여울로 돌려보냈다. 여름이 더 깊어졌을 때 다시 만나자고, 나 혼자 약속했다.

—

1. 금속 재질의 루어. 물에 떨어져 팽그르르 도는 날벌레의 몸짓을 연출해 물고기를 유인한다

민박 식당에 전화를 걸어 사장님께 참게탕을 끓여달라고 말씀드렸다. 늦은 저녁, 한나절 낚시에 지친 몸을 이끌고 식당으로 들어선 순간, 마음에 환하게 불이 켜졌다. 아주머니께서 지난가을 모습 그대로 거기 계신 것이었다. 너무 반가워 한걸음에 다가가 손을 잡아드렸다. 몸이 좀 좋지 않았다는데, 지금은 괜찮다고 하신다. 건강한 모습에 안도하면서도 괜히 불안한 생각을 가졌던 것이 죄송했다. 멀리서 오는 사람을 기다리는 마음으로 정성껏 끓여주신 참게탕을 떠먹으며, "한잔 술에도 바다의 깊이를" 담은 소주를 홀짝였다. 모처럼 몸과 마음이 두 발 뻗고 편히 잠들었다.

다음 날 아침, 미역국을 끓였다며 같이 밥 먹자는 아주머니 말씀이 그 어떤 기지개보다 상쾌하게 몸을 깨웠다. 시원한 칡물을 챙겨주셨는데, 꿀물보다 달았다. 미역국으로 속을 풀고, 고봉밥으로 든든히 배를 채우고는 다시 여울로 들어가 꺽지 몇 마리 만났다. 마지막 캐스팅 때 된여울에 플로팅 미노우를 흘려보았는데 수중바위에 물살이 와류하는 지점에서 어김없이 턱— 하는 입질이 들어왔다. 섬진강 강한 여울에서 만난 쏘가리는 크진 않지만 날렵하고 당당한 모습을 하고 있었다. 언제 봐도 감격스럽다. 다시, 짧은 만남 속 긴 여운으로 녀석을 돌려보냈다.

나도 민박 식당으로 돌아가 집에 갈 준비를 하는데, 아주머니께서 밭에서 뽑은 상추 좀 맛보라며 스티로폼 박스 한가득 챙겨주신다. 또 한 번 마음에 큰 빚을 지게 되었다. 항상 그러듯이 생수 한 병을 내어주며 운전 조심하라는 당부까지 잊지 않으신다.

찜통 같은 차 안, 차창을 열고 섬진강 구비길을 달려 곡성을 빠져나가는 길, 여름의 푸른 향기가 차 안으로 쏟아져 들어왔다. 섬진강 여름, 여울, 여운 그리고 사람…… 또 잊히지 않을 여름 햇살 몇 조각을 마음속 주머니에 넣고 나비처럼 가볍게 달렸다. 다시 찾을 땐 수박이라도 한 통 사들고 가야겠다. 아주머니 아저씨와 수박 잘라 나눠 먹고 원두막에서 매미 소리 베개 삼아 낮잠 한숨 자면, 내가 살아있는 모든 순간이 여름방학처럼 찬란할 것이다.

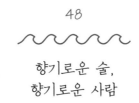

48

향기로운 술,
향기로운 사람

사극 드라마에는 술 마시는 장면이 종종 나온다. 출출하고 입이 심심한 밤에 그걸 보고 있으면 침이 꼴깍 넘어간다. 장돌뱅이가 주막에 앉아 뜨끈한 국밥에 탁주를 들이켜는 것은 그런대로 모방이 가능하다. 집 근처 순댓국집에 가 막걸리 시켜 먹으면 된다. 그런데 정말 넋 놓고 바라보는 그림의 떡은 임금 수라상이나 양반집 주안상이다. 산해진미를 안주 삼아 청자주병의 술을 따라 마신 후 수염을 닦는 그 멋스러움이 부럽다. 아니, 술병에 담긴 전통주 맛이 궁금하다.

공장에서 만들어 유통하는 소주, 맥주만 주구장창 마셔대니 결국 내가 즐기는 건 술이 아니라 알코올의 취기에 불과하다. 술잔 부딪치는 분위기만 좋아한 것이다. 진짜 향 깊고 맛있는 술을 음미해본 적이 없다. 와인을 자주 마시는데, 라벨에 적힌 원산지와 수확 시기, 포도 품종 따위 정보도 제대로 읽지 못하면서 폼이나 잡는 뜨내기일 뿐이다. 우리 전통주의 경우 내겐 풍문조차 깜깜한 미지의 영역이다.

얼마 전, 섬진강 중류 대강권에서 쏘가리 낚시를 즐긴 다음 날, 전남 순창의 '장구목가든'에서 특별한 경험을 했다. 13세기 고려부터 전해 내려온 우리 전통 명주 호산춘壺山春을 마시게 된 것이다. 주인장이 흔쾌히 내어주었는데, 무려 가람 이병기 선생의 외손자인 이연호 명인이 담근 술이다.

맑은 금빛 감도는 술에서 꽃향기가 났다. 달짝지근하면서 개운했다. 뒷맛도 산뜻했다. 입 안에 대숲을 흔드는 바람이 부는 느낌이었다. 술이라기보다는 향기로운 차를 마시는 것 같았다. 그런데도 이내 은은한 취기가 생겼다. 화려하게 외모를 꾸미지 않고도 내면에서 우러나는 매력으로 마음을 끌어당기는 사람과 만난 기분이었다.

오늘날 전북 익산시 여산면에 해당하는 '호산壺山'에서 빚은 '춘주春酒'다. 멥쌀 곱게 간 것에 뜨거운 물을 부은 다음 차게 식혀 죽을 만든다. 거기에 섭누룩을 가루내어 섞고 골고루 치대 술밑을 빚는다. 술밑을 뭉쳐 술독에 담아 안친 후 사흘간 발효시킨다. 이렇게 빚은 밑술을 체에 걸러 막걸리를 만든 다음, 하룻밤 불린 찹쌀로 지은 고두밥과 함께 버무려 술독에 담으면 덧술이 된다. 따뜻한 데서 또 사흘간 발효시킨 후 압착, 여과해내면 마침내 호산춘이다.

사람으로 치자면, 뜨겁고 차가운 고난의 온도를 모두 견디고 캄캄한 골방에서 성숙의 훈련을 한 사람, 내면의 불순한 것들을 걸러내 마음이 맑은 사람, 아무리 길고 외로워도 과정의 아름다움을 소중히 여기는 사람, 타자와 기꺼이 버무려지고 때로는 치대임을 당해도 관용할 줄 아는 사람, 유행을 쫓거나 시류에 편승하지 않으면서 자신만의 고유한 멋을 지닌 사람이다.

조선 중기에는 각 지방마다 특산주가 있었다. 맛과 향이 모두 달랐음은 자명하다. 서울 삼해주, 충청도 청명주, 진도 홍주, 김천 과하주, 여산 호산춘과 문경 호산춘湖山春, 그밖에도 벽향주, 죽력고, 이강고, 송순주, 노산춘 등의 우리 전통주에는 술 빚는 사람의 정성 어린 손길은 물론이고 달빛과 바람, 해와 구름, 새 울음, 귀뚜라미 울음, 산과 호수가 담겨 있다. 저마다 특색과 개성이 있으며, 맛 깊고 향기로웠을 것이다.

어쩌면 옛날이야말로 다양성의 시대가 아니었을까. 와인은 한 병 한 병마다 맛과 향이 다르고, 한 잔의 술에서 그 술을 빚은 가문의 역사까지 들여다볼 수 있다. 그래서 때로 좋은 와인을 마시면 가만히 앉아서 시간과 공간을 넘나드는 여행을 하는 기분이다. 우리에게도 와인처럼 시간과 장소, 그리고 '서사'를 담은 전통주가 있지만 간신히 명맥만 잇고 있다. 전통주의 대중화는 공업용 알코올 같은 소주와 보리차처럼 밍밍한 맥주를 "코가 비뚤어지도록" 마시는 우리 술 문화를 보다 건강하게 바꿀 수 있다. 문화 다양성 측면에서도 바람직하다.

가을엔 말과 생각이 향기로운 사람과 마주앉아 오랜 시간을 견딘 술을 나눠 마시고 싶다. 맑고 은은하게 취해 악수만 하고 헤어지고 싶다. '2차' 없이.

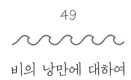

49

비의 낭만에 대하여

비의 계절이 돌아왔다. 마른장마라는 조롱을 분풀이하듯 무섭게 쏟아붓고 있다. 남부 지방에 160mm 장대비가 내린 데 이어 중부 지방엔 200mm의 물 폭탄이 투하되었다. 곧 태풍 '네파락'도 북상한다고 한다. 시설물과 인명 안전에 유의해야 할 때다.

재해는 절대 있어선 안 되겠지만, 지독했던 가뭄을 생각하면 모처럼 시원하게 내리는 비가 반갑기도 하다. 나는 비를 좋아한다. 비 내리기 전의 무거운 구름들과 젖은 공기를, 비 그친 거리의 물 냄새와 바닥에 번지는 가로등 불빛을 좋아한다. 빗소리 들으며 마시는 술이 제일 맛있고, 비 맞는 게 좋아서 어지간해선 우산도 잘 쓰고 다니지 않는다. 비 오는 날 차로 한강 다리를 달리거나 비바람 몰아치는 포구의 선술집에 앉아 있기 좋아한다. 비 맞으며 낚시하면 영혼을 샤워하는 듯한 청량감이 느껴진다.

몇 해 전 여름, 프랑스 파리에서 연인과 함께 비를 맞으며 걸었다. 루브르 박물관에서부터 에펠탑까지, 우산이 없어 작은 손수건으로 한 뼘만큼의 하늘을 가린 채, 비에 흠뻑 젖어 몸에서 물이 뚝뚝 떨어질 때쯤엔 아예 춤을 추며 걸었다. 유람선 갑판에 앉아 비 내리는 센 강을 오래 바라보았다. 비에 대한 기억 중 가장 아름다운 것이다.

갑자기 내린 비를 피해 놀이터 미끄럼틀 아래로 숨어든 날이 있다. 여름이었고, 겨드랑에선 비에 섞인 땀 냄새가 났다. 정신없이 뛴 까닭일까. 숨은 뜨겁고 몸도 달았다. 머리카락에서 떨어지는 빗물이 두 눈에 글썽거리는데, 마주 앉은 여자아이에게서 연필 냄새가 났다. 덜 마른 빨래의 섬유유연제 향기가 났다. 하얀 교복이 비에 젖어 반투명한 꽃이 되어 있었다. 말 없는 어색함 사이로 미끄럼틀을 때리는 빗소리, 매미 소리만 시끄러웠다. 그 아이를 좋아했지만, 소나기 그치듯 첫사랑은 금방 말라버렸다.

화산유격장에서, 진흙탕에 누워 악명 높은 PT체조 8번, 온몸을 비트는 중 교관이 「어머님 은혜」를 부르게 했다. 고통스러운 신음과 함께 "나실 제 괴로움 다 잊으시고" 합창하는 순간 훈련장이 울음바다가 됐다. 다 큰 사내들이 쏟아지는 비를 입으로 다 받아먹으며 빗물인지 눈물인지 모를 물빛만 하염없이 두 뺨에 매달고 있었다.

나쁜 기억도 있고, 슬픔도 있다. 집중호우에 의한 산사태로

이웃을 잃었고, 비 오는 날 반려견이 차에 치어 죽었다. 공주 유구천에서 낚시하다 삽시간에 불어난 물에 고립될 뻔했고, 부안 위도 갯바위에서도 비슷한 일을 겪었다. 군대 전술 야영 중 발 앞에 시퍼런 낙뢰가 떨어진 적도 있다. 내가 사는 동네는 지난 2011년 여름 짧은 시간에 300mm가 넘는 기록적인 폭우가 내려 산이 무너진 곳이다.

어떤 이에게는 낭만이고, 어떤 이에게는 눈물이다. 비에 의해 가족을 잃거나 재산 피해를 입은 사람들에게 비는 철천지원수다. 해마다 되풀이되는 수해를 두고 '하늘이 야속하다'고 하지만, 정작 야속한 건 사람이다. 엉뚱한 데 예산과 인력을 허비하다 속수무책으로 당한다. 물바다가 되고 제방과 축대가 다 무너지고 나서야 대책을 마련하는데, 소 잃고 외양간 고치는 격이다. 오세훈 전 서울시장이 수해 방지 예산을 대폭 줄였다가 서울을 '물의 도시'로 만들고 '오세이돈'이라는 치욕을 뒤집어쓴 일을 기억한다.

자연은 맹수다. 거기 맞서는 건 어리석은 일이지만, 인간이 노력하면 길들일 수도, 친해질 수도 있다. 『그리스인 조르바』가 말한다. "어느 날 밤, 눈으로 덮인 마케도니아 산에는 굉장한 강풍이 일었지요. 내가 자고 있는 오두막을 뒤흔들며 뒤집어엎으려고 합니다. 그러나 나는 진작 이걸 비끄러매고 필요한 곳은 보강해두었지요. 나는 불가에 홀로 앉아 웃으면서 바람의 약을 올렸어요. '이것 보게. 아무리 그래 봐야 우리 오두막에는 들어올 수 없어. 내가 문을 열어주지 않을 거니까. 내 불을 끌 수도 없겠어. 내 오두막을 엎어? 그렇게는 안 되네.'"

수해는 없다. 인재만이 있을 뿐이다. 나는 비의 낭만을 자연
에게 요구하고 싶지 않다. 사람에게, 위정자들에게, 국가에
요청하는 것이다.

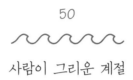

50

사람이 그리운 계절

섬진강변에 '살뿌리가든'이라는 매운탕집이 있다. 지금은 폐업했다. 지난해까지 그곳 주인이었던 탈북 새터민 이경철 씨 내외에게 정말 많은 신세를 졌다. 귀한 몽골 말젖술을 얻어 마시기도 하고, 공짜 밥을 얻어먹기도 했다. 방값도 안 받고 뜨끈한 아랫목을 그냥 내어주었다. 그 집 식구들이 전부 휴가를 가 식당이 텅 빈 적이 있었는데, 그땐 아예 생활하는 안방을 쓰라고 방 열쇠 숨겨놓은 곳까지 알려주었다. 몹시 고마워 나도 그 집 갈 때마다 빈손으로 가지 않았다. 작년 이맘때 남원 시내에 '향토가든'이라는 이름으로 식당을 이전 개업했다. 그때 두어 번 찾아가 맛난 어탕을 먹었다. 봄에 만나길 약속하고 돌아서자 겨울이었다.

늘 그 자리에 있겠거니, 별일 없이 잘 계시겠거니 생각하며 다음에 가야지 미루다가 가을이 되었다. 지인들에게 살뜰히 연락을 챙겨 하는 편이 아니라서 그동안 전화 한 통 드리지 못했다. 그러다 보름 전, 섬진강에 갔다가 불쑥 그 집을 찾았다. 과일바구니 하나 사들고 남원 진고개 먹자골목에 들어섰는데, 향토가든은 없고 웬 대패삼겹살집이 있었다. 가게도 사람도 다 바뀐 것이다. 휴대폰으로 전화를 걸었더니 다른 사람이 전화를 받았다. 급히 장사를 접고 연락처도 바꿀 만한 변고가 있었던 걸까 걱정이 되었다. 진작 한번 찾아가지 못한 게 미안하고 속상했다. 허탈한 마음에 과일바구니 손잡이만 자꾸 매만졌다.

엊그제, 동네 노가리집에 가 맥주를 마셨다. 몇 달 전에 문을 연 집인데 처음 가봤다. 내가 어릴 때부터 동네에서 백반집을 하던 '금식이 아빠'가 평생 모은 돈으로 낸 가게다. 나는 금식이 아빠가 진정한 영웅이라고 생각한다. 비가 오나 눈이 오나, 밤이나 낮이나 늘 낡은 오토바이에 철가방을 싣고 음식 배달을 다녔다. 하루도 쉬는 걸 보지 못했다. 좋은 재료를 아끼지 않고 그릇에 담아주었고, 싼값에 팔았다. 장사를 마친 늦은 밤이면 경광봉을 들고 방범대원으로 봉사했다. 그분이 근사한 가게를 갖게 되어 내가 뭉클하고 기쁘다.

서빙을 하는 젊은 남자에게 자꾸만 눈길이 갔다. 내가 쳐다보자 그도 나를 힐끔힐끔 보았다. 계산을 할 때 그의 어깨에 손을 얹으며 "이 집 아들이죠?" 물었다. "이름이 주화 맞죠? 형은 금식이. 옛날 '골목식당' 하던 때, 그러니까 우리 어릴 때 골목에서 매일 같이 놀았는데, 기억나요?" 그제야 그가 반갑게 웃으며 나를 알아보았다. 20년 만에 본 사람인데, 단 한 번 눈맞춤에 20년이 고작 하루처럼 느껴졌다. 지금은 없어진 그

골목의 풍경, 함께 뛰놀던 아이들의 얼굴과 이름, 그 골목 허름한 공장에서 빵 포장지 만들던 우리 엄마, 일 마친 엄마 손 잡고 집으로 걸어가던 저녁의 달빛, 골목식당서 순댓국에 소주 마시고 불콰해진 아버지, 그 젖은 어깨와 무뚝뚝한 손, 평생 단 한 번의 따뜻한 말, 가로등 불빛에 스민 유년의 기억들이 한꺼번에 되살아났다.

사람 인연이라는 게 참 신기하다. 가까이 있어도 20년 동안 한 번을 못 본다. 그러다 우연히 만난다. 불과 얼마 전까지 보던 사람도 하루아침에 볼 수 없게 되고, 궁금해 찾아가면 아주 알 수 없는 먼 곳으로 더 달아난다. 그리운 사람은 계속 그립고, 그리움 바깥에 있던 사람은 어느 날 갑자기 나타나 추억을 몰고 온다.

찬바람 부니 사람이 그리워진다. 사람에게로 가던 마음의 오솔길마다 단풍 들었다. 사람 빈자리는 시퍼렇게 시리고, 사람 든 자리는 봄볕 너울진다.

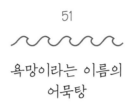

51

욕망이라는 이름의
어묵탕

사람들은 보통 자신과 욕망하는 바가 같은 이를 미워한다. 내가 특정한 누군가를 계속 험담한다면, 그건 그 험담의 대상이 내가 가지려는 것을 똑같이 욕망하거나 이미 가졌기 때문일지 모른다. 내가 하고 싶은 일, 오르고 싶은 자리, 얻고자 하는 상급을 향한 일차선 도로를 남과 함께 주행하는 것만큼 짜증나는 일도 없다.

고등학교 때, 한 남학생을 똑같이 연모하던 여학생 둘이 서로에 대한 비난과 근거 없는 악의적 소문내기로 척을 졌던 일이 떠오른다. 그 남학생이 나라는 것을 굳이 밝히는 까닭은, 두 여학생의 우정에 금이 가게 한 것을 이제나마 사과하기 위함이다. 나는 둘 중 누구의 손도 잡아주지 않음으로써 사태의 평화적 해결을 모색했고, 결과적으로 그들의 분노와 미움을 나에게로 돌리며 둘이 극적으로 화해할 수 있는 계기를 마련해주었다. 어제의 적이 오늘의 동지가 되는 일은 이렇게도 흔하다.

플라톤이 이상국가에서 시인을 추방해야 한다고 목청 높인 것은 그 자신이 시인이었기 때문 아닐까. 어느 술자리에서 한 젊은 작가가 자신보다 어린, 요즘 소위 '잘나가는' 작가의 책을 어묵탕 냄비에 넣고 끓여버렸다는 이야기를 들은 적 있다. 내가 욕망하지만 소유하지는 못하는 것을 타인이 갖고 있을 때, 열등감은 '책 어묵탕'과 같이 유치하고 졸렬한 방식으로 표출되기도 한다. 자기 안에 어묵탕처럼 부글부글 끓어오르는 질투와 증오를 제어하지 못하는 것이다.

나는 쏘가리 낚시를 즐긴다. '즐긴다'는 것도 강가에 나 홀로 있을 때만 가능한 얘기다. 내가 자주 가는 전남 곡성 섬진강 일대는 포인트로 진입하는 포장도로가 하나뿐인데, 남원 톨게이트를 지날 때부터 같은 방향으로 가는 차들이 영 거슬린다. 이 차에도 낚시꾼, 저 차에도 낚시꾼이 타고 있을 것만 같다. 우회전과 좌회전, 시골 구멍가게를 지나 굴다리를 통과할 때까지 내 앞에서 사라지지 않는 지프차를 보며 불유쾌한 예감이 점점 현실이 되어가는 것을 느낀다. 마침내 정체를 드러낸 낚시꾼과 같은 장소에 차를 세우고 강가로 걸어가는 기분은 정말 찝찝하다. 그 역시 내가 불편하기는 마찬가지다.

하루 종일 낚시해도 한 마리 잡을까말까 한 쏘가리인데, 그 저조한 확률을 남과 공유해야 한다는 데서 부아가 치민다. 그러다 옆의 사람이 한 마리 잡기라도 하면 눈이 뒤집힌다. 옆에서 들려오는 환호작약과 물 첨벙거리는 소리는 마치 나를 조롱하는 듯하다. 그런데 대뜸 그가 나에게 저쪽으로 채비를 던져보라며 힌트를 준다. 그가 가리킨 곳을 공략해서 나도 한 마리를 낚아낸다. 그와 나는 이제 적이 아니라 함께 낚시를 즐기는 '조우釣友'가 되었다. 급기야 근처 식당에서 함께 술잔을 기울이며 상대방의 낚시를 추켜세우기까지 한다. 화산처럼 뜨거운 욕망도, 얼음처럼 차갑고 단단한 미움도 한순간에 봄볕처럼 유순해질 수 있다.

나와 욕망하는 바가 같다고 해서 타인을 미워하지 말자. 영광에도 차수가 있어서, 그가 나보다 먼저 도착해 거기서 기꺼이 손을 내밀어줄지 누가 아는가. '먼저'와 '나중'보다 그토록 욕망하던 산정에 오르는 것이 더 중요한 일 아닐까. 먼저 대어를 잡은 사람으로부터 조언을 구해 내가 더 큰 물고기를 잡을 수도 있는 게 낚시고 인생이다.

이런, 뜬금없게도 어묵탕 먹고 싶다. 편의점 것 말고, 무와 청양고추와 대파 썰어 넣어 제대로 끓인 어묵탕, 고춧가루도 좀 뿌리고. 다음에 낚시 가서 꼭 해 먹어야겠다.

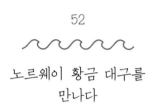

52

노르웨이 황금 대구를
만나다

낯선 이국의 강과 바다에서 생전 처음 보는 커다란 물고기를 잡는 꿈! 낚시꾼이라면 누구나 한 번쯤 그려볼 것이다. 스무 살 무렵부터 배낭여행을 다니기 시작해 나름대로 '외국 물' 좀 마셔봤지만 낚시를 해볼 생각은 못했다. 어릴 땐 대단한 미션 수행하듯이 여행을 했다. 언제 또 오게 될지 모르니 최대한 많이 구경하고, 먹고, 돌아다녀야 한다는 강박이 있었다.

친구와 둘이서 떠난 첫 배낭여행이 생각난다. 야간열차에서 자고, 빵 한 조각으로 하루를 버텼다. 몇천 원 아끼려고 버스도 안 타고, 코인라커도 안 썼다. 20kg 배낭을 메고 도시 끝에서 끝까지 걸어 다녔다. 마냥 좋았다. 모든 게 첫 경험이고 낯선 자극이었다.

몇 해 뒤 다시 유럽에 갔다. 혼자였다. 야간열차 쪽잠과 굶주림, 행군 수준의 걷기 등은 그대로였지만 내용이 달랐다. 우선 남들이 잘 가지 않는 곳을 여행했다. 그리스 크레타와 산토리니는 그때만 해도 덜 알려진 여행지다. 터키 이스탄불과 헝가리 부다페스트에도 들렀다. 외국 친구들을 많이 사귀었다. 여행 동기가 남달랐는데, 니코스 카잔차키스의 『그리스인 조르바』를 읽고, 나를 주체할 수 없어서 그리스로 날아갔다.

조류독감 진원지 터키 이스탄불에서 감기 기운이 들었다. 약을 먹어야 하는데, 짐 부피를 줄인다며 온갖 비상약을 다 뜯어 넣어온 게 문제였다. 뭐가 감기약인지 몰라 소화제, 설사약, 멀미약, 진통제, 감기약 등이 섞인 알약 열 알을 한입에 털어 넣고 잤다. 일어나니 멀쩡했다. 그만큼 내구성이 좋았다. 크레타로 가는 아홉 시간의 페리 항해를, 10월 중순의 바닷바람을 맞으며 갑판에서 버텼다. 여행비만 아낄 수 있다면 어떤 고생도 마다하지 않았다.

삼십대의 유럽 여행에선 형식과 내용이 모두 달라졌다. 10년 사이 다른 문화권에 대한 거품 같은 환상들이 좀 가라앉아서 아무거나 다 좋진 않았다. 하고 싶은 건 하고, 먹고 싶은 건 먹었다. 야간열차 대신 비행기로 도시 간을 이동했다. 호텔에서 자고, 그 도시의 가장 맛있는 음식을 그곳 와인과 함께 매일 먹었다. 지중해 한가운데서 스노클링을 하고, 보르도에 가 몇 곳의 샤또Chateau를 구경하기도 했다. 꼭 한번 맛보고 싶던, 이베리아 문학에 종종 나오는 코치니요(새끼돼지통구이)를 바르셀로나의 한 레스토랑에서 먹었을 때는 아득한 꿈 하나를 이룬 것 같아 감격스러웠다.

이러한 여행의 변천사를 거쳐, 마침내 노르웨이에 왔다. 명소 견학 등 낯선 문화 체험과 견문 확장이 그동안 여행의 목적이자 형식, 또 내용이었다면 이번엔 모든 것이 다르다. 내 취미 활동을 다른 나라에 가서 해보는 즐거움을 만끽하러 왔다. 내가 보기엔 이 단계가 여행의 최상위등급이다. 한국서 쓰던 장비를 그대로 가져가 북극해가 파도치는 한겨울 트롬쇠 해변에 텐트 치고 불 피워 양갈비를 구워 먹었다. 오로라를 보겠다고 뜬눈으로 밤을 새우고 맞이한 아침, 혹한의 해변에서 텐트를 걷으며 나는 일상처럼 여행하고, 여행하듯 일상을 살 것을 다짐했다.

최상위등급의 여행을 완성시키는 것, 결국 낚시다. 섬진강에서 쓰던 쏘가리 낚싯대와 릴, 지그헤드, 웜을 그대로 들고 왔다. 트롬쇠에서는 너무 추워 낚싯대를 꺼내보지도 못했고, 오슬로에서 베르겐으로 가는 여정 중 피오르드를 통과했지만 촉박한 이동 일정 탓에 시도할 수 없었다.

노르웨이 여행의 종착지, 항구도시 베르겐에 도착했다. 여기서 대를 꺼내지 못하면 해외 낚시의 꿈은 물거품이 된다. 바닷가라서 낚시할 곳이 있을 법했다. 그런데 비바람이 미친 듯 불었다. 서 있기도 힘들 만큼 바람이 셌다. 첫날은 어쩔 수 없이 숙소에서 맥주 마시고 일찍 잤다.

다음 날 아침, 미친 듯 불던 바람이 잠잠해졌다. 밤에 내리던 비도 그쳤다. 날씨는 좀 흐려도 충분히 낚시를 할 수 있겠다는 생각이 들었다. 노르웨이에서의 낚시라니! 트롬쇠 겨울 해변에서의 캠핑과 더불어 오랜 로망이었다. 한국에서 힘들게 낚싯대와 릴, 루어와 소품들을 챙겨왔다. 공항 수하물 맡길 때는 물론이고 대중교통 이용할 때, 또 호텔이나 게스트하우스 체크인할 때 낚싯대 때문에 여간 곤란한 게 아니었다. 드디어 그 애물단지를 꺼내 북유럽 바다에 던져볼 수 있게 되었다.

낚시 도구들을 챙기고 차를 몰아 베르겐에서 50km 정도 떨어진 뤼그라Lygra로 향했다. 포인트 정보는 물론이고 어떤 어종이 사는지, 주된 낚시 방법과 채비가 무엇인지 전혀 모른 채. 그곳에 있는 륑하이센터Lyngheisentret 앞 바다는 조류의 흐름이 원활해서 낚시가 잘되는 곳이라고, 노르웨이로 이민 간 한국인이 인터넷에 올린 글 말고는 믿을 구석이 전혀 없었다.

뤼그라로 가는 길, 터널에도 로터리가 있는 도로체계 때문에 좀 혼란을 겪기도 했지만 마치 우리나라 시골의 눈 내린 풍경을 연상시키는 정겨운 모습들을 보면서 즐겁게 목적지에 도착했다. 낚시 가는 길만큼 행복한 드라이브는 없다.

산비탈을 한참 걸어 내려가 해변에 도착했다. 아름다운 바다가 기다리고 있었다. 갯바위 몇 곳을 지나 낚시할 만한 장소를 정했다. 수심도 꽤 있어 보이고, 곶부리와 홈통이 이어지는 구간이었다. 무엇보다 발판이 편했다. 자리를 잡고 채비를 꺼냈다. 웜과 미노우, 스푼을 이용한 루어낚시 외에는 준비하지 않았다. 6.6피트 보급형 쏘가리 낚싯대와 저가의 2000

번 스피닝릴. 합사 0.8호 낚싯줄에 16파운드 쇼크리더, 4분의
1온스 지그헤드와 4인치 그럽웜. 역사적인 첫 캐스팅, 그렇게
노르웨이에서의 낚시가 시작됐다.

네댓 시간가량 부지런히 던지고 감기를 반복했다. 바닥을 긁
어보기도 하고, 중층, 상층, 표층을 교대로 노려보기도 하고,
단순 리트리브부터 강한 저킹과 트위칭ⁱ까지 액션을 다양하게
줘보기도 했다. 그러나 입질은 전혀 없었다. '그럼 그렇지. 맨
땅에 헤딩하는 꼴이지. 아무리 자연이 잘 보존된 곳이라고 해
도 나 같은 얼치기에게 잡혀줄 덜떨어진 물고기는 없을 거야.'

'에이, 한 번만 더 던져보고 숙소로 복귀하자.' 홈통 지형 깊은 물골 자리에 캐스팅 후 바닥을 천천히 긁는데, 입질 없어 부아 치민 속까지 꽉 막히게 하는 답답한 묵직함이 또 느껴졌다. '이번에도 바닥에 걸린 모양이군' 생각하자 이가 갈리는데, 손에 쥔 낚싯대 그립이 꿈틀거렸다. 그리고 곧 꾹꾹, 아래로 처박는 움직임이 내 손에 전해졌다.

왔구나, 왔어!

낯선 이국의 바다에 뭐가 사는지도 모르는 나는 어떤 녀석을 만나게 될지 무척 궁금하고 설렜다. 한국에서 힘들게 짊어 메고 온 쏘가리 낚싯대로 노르웨이 물고기를 걸었다는 사실에 벌써 가슴이 터질 것 같았다. 한참을 저항하며 힘을 쓰던 녀석이 마침내 수면에서 금빛으로 빛났다. 나도 모르게 환호성이 터져 나왔다.

황금빛 대구였다. 70센티미터에 가까운 대물!

얼마나 오랫동안 상상해온 장면인지 모른다. 이 순간이야말로 생의 환희, 삶의 정수다! 갯바위 위에서 춤을 췄다. 한 마리 잡은 기쁨에 취해 곧장 낚시를 접었다. 한 마리면 충분하다. 다 이뤘다. 흥분해선지 손이 부들부들 떨렸다. 먼바다가

1. 낚싯대를 흔드는 액션 방법. 저킹보다는 약한 동작

아닌 연안 갯바위에서, 버티컬 지깅이 아닌 캐스팅 낚시로 대구를 낚은 것이다. 그것도 쏘가리 전용 6.6피트 라이트 로드와 2000번 릴, 지그헤드와 웜을 사용해서 말이다.

'노르웨이 빅 피쉬'를 짊어 메고 다시 산비탈을 걸어올라 차세워둔 곳에 도착하니 뤼그라의 석양이 금빛 대구처럼 내 쪽으로 헤엄쳐 오고 있었다. 운전해서 베르겐으로 가는 차 안은 그야말로 광란의 축제장을 방불케 했다. 노래를 흥얼거리고, 몸을 흔들어댔다. 신호에 멈춰 설 때마다 허공에 어퍼컷 세리머니를 날렸다.

게스트하우스에 도착해 거대한 대구를 공용주방으로 들고 가자 러시아, 영국, 중국, 스웨덴 친구들 눈이 휘둥그레졌다. 조금 전 낚시로 직접 잡은 것이라고 설명하니 박수를 치고 엄지를 세웠다. 세계 각국의 호기심 어린 눈빛을 뒤로하고 싱크대를 독차지한 채 대구를 손질했다. 석장뜨기한 대구살을 맥주와 통후추, 소금으로 밑간한 다음 올리브유 두른 팬에 구웠다. 레몬이 없어 오렌지즙을 뿌렸다. 대가리와 뼈, 내장은 마늘, 양파, 당근과 푹 끓여 소금간해 스튜를 만들었다.

자연산 대구 요리를 나눠 먹을 영광의 주인공으로 룸메이트인 마이크가 선택됐다. 엄마는 러시안, 아버지는 이탈리안이며, 이탈리아의 재패니즈 레스토랑에서 요리하는 친구다. 일식집에서 일하는 친구에게 맛보인다는 게 부담됐지만, 내가 먹어 맛있는 음식은 세계인의 입맛을 사로잡는가 보다. 그는 정말 맛있게 먹었다. 뼈에 붙은 살점까지 쪽쪽 빨아대며 알뜰하게 대구 한 마리를 해치웠다. 여행 온 지 보름 만에 처음 제대로 된, 근사한 저녁을 먹었다며 고마워했다. 설거지는 자기가 하겠다며 팔을 걷었다. '대박', '감사합니다' 같은 한국말을 가르쳐줬더니 곧잘 했다.

단순히 내가 아는 이탈리아 사람 이름 대기에 불과하지만, 움베르토 에코와 지미 폰타나, 파바로티, 보첼리 이야기를 하니 반가워했다. 내가 한 소절 어설피 부른 칸소네 「O sole mio」를 듣고는 칭찬해줬다. 나는 한국 모든 남자들이 모니카 벨루치를 사랑한다고 말했다. 그러자 입이 귀에 걸리며 모니카 벨루치의 몸매를 구체적인 손짓과 몸짓으로 표현하는데 실감이 장난 아니었다. 그는 오슬로, 트롬쇠를 거쳐 스발바르 제도에 간다고 했다. 그에게 북극곰을 조심하라고 말해줬다. 언젠가 한국에 오게 되면 감성돔이나 농어를 맛보여주겠노라고 약속했다.

비록 한 마리지만 생애 가장 풍성한 조과였다. 나눠 먹는 기쁨도 누렸다. 밤늦도록 첫 해외 원정 낚시의 손맛이 살과 뼈와 피 속에서 사라지지 않았다. 노르웨이 황금빛 대구라니, 살면서 이룬 몇 안 되는 대단한 일이 아닌가! 나는 룸메이트들의 잠을 깨우지 않으려 속으로 환호하며 간신히 눈을 붙였다. 그날 밤에는 꿈도 꾸지 않았다. 이미 꿈을 다 살아버렸으니까!

53

~~~~~~~~~

무작정 노르웨이 기행문

열하루 동안의 여행에서 돌아왔다. 텐트와 침낭, 낚싯대를 메고 가 캠핑을 했다. '북극의 관문' 트롬쇠Tromso 바닷가에 텐트를 치고 모닥불 피워 양고기를 구워 먹었다. 온통 흰 눈에 덮여 딴 세상 같은 해변으로 북극해의 파도가 엄숙한 성가처럼 밀려왔다. 어둠마다 얼음이 박혀 있어 바람은 날카롭고, 유리 두드리는 맑은 소리가 들리는 듯했다. '오로라aurora'로 불리는 북극광北極光을 보기 위해 떨며 밤을 지새웠다. 오로라는 뜨지 않았지만, 더 바랄 것 없었다. 밤은 황홀했다.

피오르드fjord 탐사도 했다. 빙하가 지반을 침식시켜 생긴 골짜기에 바닷물이 들어찬 협곡이다. 산악열차와 배를 타고 설산이 커튼처럼 겹친 피오르드를 통과했다. 호수가 맑아 하늘로 솟은 설산이 물속에도 있었다. 그 비현실적 풍경을 글로 설명 못 하겠다. 곧 죽어도 좋겠다고 생각했다. 베르겐 인근 바다에서 낚시로 60센티미터가 넘는 금빛 대구를 잡았을 때도 마찬가지였다. 어떤 아름다움이나 생의 환희는 그저 입을 다물게 만든다.

천혜의 자연과 그걸 누구나 공평하게 누리도록 하는 '자연에의 접근권' 덕분에 나는 대자연의 깊은 내부까지 들어가 환상적인 체험을 할 수 있었다. 자연에의 접근권이란, 노르웨이 안에 있는 모든 사람에게 산과 바다, 강, 호수, 공터 등 어디에서든 야영과 취사, 트래킹을 허용하는 법적 보장을 뜻한다. 나 같은 방랑객에게는 자연에의 접근권이야말로 복지다.

세계 최고 수준의 복지는 노르웨이 특유의 지리 및 문화, 사회, 경제적 특징에서부터 비롯된다. 땅 크기는 우리나라의 네 배 정도 되는데, 인구는 고작 5백만에 불과하다. 어업과 관광산업이야 더 말할 것 없고 심지어 석유까지 나온다. 1인당 GNP는 무려 10만 달러에 달한다. 인구밀도가 낮은 만큼 개인이 누리는 몫이 넉넉할 수밖에 없다. 세법도 우리와 다르다. 고소득자에게 적용되는 세율이 훨씬 높다. 복지 재원 마련이 수월하고, 혜택의 분배는 공평하다.

하도 뜨문뜨문 떨어져 사니까 이 사람들도 외로운 거다. 자연에의 접근권이라는 것도 대자연이라는 이름으로 아무렇게나 텅 빈 곳을 누군가가 채워줬으면 하는 바람에서 비롯된 것이리라. 낯선 이에게 친절한 것도 같은 이유 아닐까. 사람을 소중하게 여기는 정신의 제도적 실천인 복지 역시 마찬가지다. 넓은 땅에 인구가 적으니까 사람이 귀한 것이다. 보행자가 길을 다 건너기 전엔 차도 트램도 움직이지 않는다. 사회적 약자를 배려하고, 가진 자들이 더 많이 책임지는 국민성은 환경이 길러낸 습성이다.

우리나라 인구밀도와 1인당 GNP를 생각하면, 우리가 북유럽 수준의 복지를 누린다는 건 있을 수 없는 일이다. 경제적 여건이나 법 제도는 차치하고서라도 국민성부터 준비가 되었는지 궁금하다. 복지는 제도에만 있는 것이 아니라 우리들의 마음에도 있어야 한다. 약자에 대한 배려, 타인의 실수나 부족함에 대한 관용, 노블레스 오블리주, 사돈이 땅 사도 배 아파하지 않는 여유 같은 것들 말이다. 귀국해서 서울 도심의 횡단보도 하나 건넜을 뿐인데도 몹시 슬퍼졌다.

여행을 하면서, 진정한 복지는 자연이라고 생각했다. 자연의 풍요와 아름다움. 그걸 누구나 공평하게 누릴 수 있게 하는 것! 명소마다 투기꾼과 기업가들이 몰려가 골프장과 스키장, 카지노, 호텔을 짓는 걸 위락慰樂이라고 부르는 나라에서 복지는 너무 먼 얘기다. 자연의 소중함을 알아야 사람 귀한 것도 알게 된다.

그런데 엉뚱한 데서 한국식 복지의 우수함을 보았다. 복지福祉는 '행복한 삶'인데, 저녁 여덟 시가 넘으면 마트에서 술을 팔지 않는 노르웨이는 내게 불행과 깊은 절망을 안겨줬다. 천하태평 닐리리맘보인 오슬로 공항 창구는 또 어떤가. 덕분에 두 번이나 환승 비행기를 놓쳤다. 늦게까지 술 팔고, 무엇이든 빨리 처리해주는 것도 내겐 훌륭한 복지다. 그걸로 만족하련다.

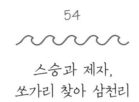

54

스승과 제자,
쏘가리 찾아 삼천리

마른장마의 한가운데서 나의 대학원 은사이신 문학평론가 전영태 교수님을 모시고 섬진강 대강권을 찾았다. 연중 대부분의 시간을 가거도와 제주도에서 보내며 돌돔, 참돔, 벵에돔, 부시리 등을 낚는 교수님께서 모처럼 계류낚시에 나선 것이다. 나는 스승과 함께 참 많은 물가를 돌아다녔다. 계류는 물론이고, 아버지가 운영하시는 당진 대호만 낚시 민박에 모시고 가 붕어 낚시를 하기도 하고, 가거도와 제주도에서 타이라바, 갯바위 비박, 벵에돔 흘림낚시, 무늬오징어 에깅, 학공치 생활낚시[1], 돌돔 찌낚시 등을 함께 했다.

나는 은사로부터 쏘가리 낚시, 벵에돔 낚시, 타이라바 등 다양한 낚시를 배웠다. "선생은 어디서나 가르쳐야 해"라는 신조를 철저히 실천하신 교수님이 존경스럽다. 학교에서 배운 것보다 물가에서 배운 게 훨씬 많았다. 그렇다고 교수님이

—
1. 반찬거리 장만을 위해 방파제나 해변 등에서 편하게 하는 낚시

불성실한 스승이었던 것은 절대 아니다. 나는 교수님 수업에서 배운 것들을 가지고 석사 논문도 쓰고 국가장학금도 받고 문학평론으로 등단도 했다. 교수님과 나는 강의실에서나 물가에서나 치열하게 가르치고 배웠다.

교수님께서는 몇 해 전 정년퇴임하신 일흔의 노조사다. 대동강 낚시꾼인 부친으로부터 1950년대 후반, 견지낚시를 비롯해 각종 낚시를 대물림 받았다. 교수님의 둘째 아들 역시 낚시꾼으로, 우리나라 장어낚시 최대 커뮤니티인 '원줄이 끊어질 때까지'를 설립해 10년 넘게 운영하고 있다.

교수님으로부터 지금은 없어진 한강의 낚시터들, 예를 들면 뚝섬 수영장 건너편 여울, 중랑천이 합수되는 압구정 여울, 지금의 동호대교가 놓인 동호, 중랑천 합수머리에서 옛날 두무개인 옥수동 강가에 이르는 '무시막강'에서 견지낚시를 하던 추억담을 들을 때면 내가 보지 못한 풍경임에도 어렴풋이 그 모습들이 그려지며 마음 한구석이 아련해진다.

60년 세월을 낚시꾼으로 사신 교수님께서 가장 사랑하는 물고기는 단연 쏘가리다. 이제는 일 년에 한두 번, 장마 큰물 진 뒤에만 쏘가리 낚시를 가시지만, 아직도 누군가 "쏘가리!" 하고 외치면 교수님의 눈이 맹수의 푸른 인광처럼 번뜩이는 걸 나는 종종 본다.

모처럼 쏘가리 낚시에 마음이 들뜬다. 낚시를 가는 날이면 오전에 교수님의 용인 자택을 방문한다. 인기척에도 동요하지 않고 서재 책상에 앉은 채 책만 골똘히 들여다보고 계시는데, 나는 그게 설정임을 잘 알고 있다. 책 읽는 척이란 걸 알면서 속아드리는 것이다. 서가에 꽂힌 장서 수천 권과 클래식 LP판, 곳곳에 놓인 붓과 벼루 등 지식인의 아우라를 뿜어내는 배경을 뒤로 놓은 채 근엄한 학자처럼, 가만히 책 읽는 척을 하시다가 한참 만에 "어, 왔어?" 하며 맞아주신다. 무슨 책을 그렇게 골똘히 보셨나 궁금해 책상을 살피면, 책은 뒤집혀 있거나 아예 없고, 모니터에는 섬진강의 위성 지도나 오늘의 날씨, 4짜 쏘가리의 사진 따위가 띄워져 있다. 웃음을 참으며 서가로 눈을 돌릴 때, 먼저 보이는 건 『한국인의 필승 마작』이나 『포커의 기술』 같은 책이다.

차와 과일을 서둘러 먹고, 낚시 갈 채비를 한다. 낚시 짐을 나눠 들고 현관을 나설 때 노부부는 정답다. 사모님께서 교수님의 목에 스카프를 매어주며 "손맛 보세요." 덕담하신다. 낚시꾼의 아내답게, "많이 잡으라"는 말이 낚시꾼에겐 부정 타는 저주 주문임을 알고 계신 것이다.

섬진강, 보성강 일대로 낚시하러 올 때면 꼭 들르는 남원 '새집추어탕'에서 점심을 먹는다. 교수님의 평생 낚시 친구인 '잔챙이' 김장천 원장님과 조 사장님, 교수님으로부터 함께 문학을 배운 내 친구 황종권 군도 동행하였다. 스승과 제자의 섬진강 낚시는 대개 새집추어탕 추어탕으로 시작해 곡성 석곡식당 석쇠불고기로 마무리된다. 점심을 먹은 후 대강 방

산나루 쪽으로 이동했다. 몇 군데 포인트를 확인한 후 나는 교수님과 함께 조를 이뤄 일행들과 멀리 떨어진 곳에서 낚시를 시작했다.

일행들과 함께 이동하는 길에 교수님께서는 내 칭찬을 멈추지 않으신다. 쏘가리 낚시를 배운 지 기껏 몇 년 되지도 않았는데, "우리는 꺽지나 잡고 있을 테니 쏘가리는 네가 책임져라" 하신다. "포인트 알려줬더니 이놈이 거기서 고기 다 빼먹어", "실력이 아주 많이 늘었어"라는 칭찬 뒤에, 창밖 저쪽 여울을 바라보며 "네가 보기에는 어떠냐?" 내 의견을 물어보시는데 문득 마음이 축축해진다. 그러고는 "이제 난 늙은 선수야"라고 하시는데, 그 말씀이 쓸쓸해 나는 괜스레 여울을 가리키며 "저기가 좋아 보입니다" 말을 돌린다.

스승과 제자는 말없이 흐르는 강물 위로 루어를 던진다. 섬진강 굽이치는 여울 위로 석양이 들불처럼 번지고, 새들이 시옷자를 그리며 날아가는 저녁 풍경을 바라본다. 베이트피쉬[1] 들 뛰어오르는 물 위로 반딧불이가 날아 어느 게 물고기 비늘이고 반딧불인지 분간하기 어렵다. 이날 오후 동안 포인트를 두 곳 옮겨 네 시간가량 낚시했지만 꺽지와 끄리 몇 마리 만난 것이 다였다. 종일 더위와 허기에 지친 교수님께서 "물고기 입질이 없는데 사람 입질이라도 하자"며 숙소를 향해 걸음을 재촉하신다.

—

1. 육식 물고기들의 먹이가 되는 작은 물고기들

꺽지 튀김과 매운탕 안주와 함께 향 좋은 술을 나누며 추억 담과 온갖 유머로 밤을 건넌다. 일행들의 호탕한 웃음소리, 내가 부르는 「희나리」나 「무시로」 따위 노랫가락이 어우러 진 술자리에 교수님 특유의 화려한 19금 유머가 더해져 숙소 는 거의 폭발 직전의 초신성이다. '강증산의 생애'나 '선녀와 나무꾼', '휘모리장단의 유래', '번개와 번개 친구' 같은 이야 기들을 듣다 하도 웃어서 배가 아플 지경이다.

달빛도 불콰해지는 시간, 잠자리에 들면서 교수님은 이불 없 이 잠든 황종권 군에게 담요를 덮어주시고, 방 안에 모기약을 뿌리신다. 따뜻한 배려와 사랑이 가득한 스승의 품은 내게 늘 봄날의 환한 꽃그늘이자 세찬 비를 막아주는 우산이 되었 다. '늘물'이라는 호에서 봄날 강물의 따뜻함이 느껴진다.

일행들의 코 고는 소리를 간신히 뚫고 휴대폰 알람이 울린다. 새벽 다섯 시 반, 교수님께서는 어느새 물안개 자욱한 물가 에 서서 밤이슬로 축축해진 풀섶에 바짓단을 적시고 계신다. 안개에 몸을 가린 채 캐스팅을 하는 노조사의 뒷모습이 아름 답다. 안개 속에서 누구나 겸손해질 때, 도도하던 강도 호의 적이 되어 우리들의 낚시에 힘 좋고 예쁜 쏘가리를 걸어준다. 교수님께서 먼저 한 수 올리신다. 수십 년 쏘가리 낚시를 하 셨으면서도 그 한 마리 쏘가리에 어찌나 기뻐하시는지. 당신 께서 잡으신 쏘가리를 한참 동안 바라보는 모습이 마치 옛 연 인을, 아니 지나온 삶의 모든 세월을 돌아보시는 것만 같다.

나도 곧 여울 상목에서 툭, 하는 입질과 함께 30센티미터 정도 되는 멋진 쏘가리 한 마리를 만날 수 있었다. 교수님께서는 내가 잡은 쏘가리를 보며 "이야, 예쁘다." 감탄하시며 내 어깨를 두드려주신다. 잡은 쏘가리를 스승께 자랑해 보이는 마음이 어린아이처럼 부풀어 오르다가 금세 차분해진다. '앞으로 얼마나 더 교수님과 낚시를 할 수 있을까' 하는 생각에 스승께서 두드려주신 어깨가 무거워진다.

용인에 거의 다 와서 교수님의 변덕스러운 '입질'에 차 안이 웃음바다가 된다. "저쪽에 순대국밥 잘하는 집이 있는데 그 집 들렀다 가자. 아니다, 저기 막국수 기막힌 집이 있는데 그리 가지. 아니, 그러지 말고 곰탕 한그릇 할까? 아니면 돈가스도 괜찮은데. 에라, 모르겠다. 짜장면이나 때리자." 갈팡질팡하다 겨우 도착한 중국집에서, 스승의 제자 사랑이 "어머님은 짜장면이 싫다고 하셨어"라던 노랫말처럼 내 가슴을 적신다. 혼자 드시기에도 부족한 사천짬뽕의 면을 절반이나 덜어서 나와 황종권 군에게 내어주시는 것이다. 물비린내와 땀냄새를 풍기는 거지꼴의 사내들이 말끔한 일반 시민들 사이에 앉아 서로의 짜장면과 짬뽕을 나눠 먹는 장면은 고흐의 〈감자 먹는 사람들〉처럼 애틋하다.

나는 스승과 함께 이 애틋함을 더 자주 누리고 싶다. 퇴임 후 적적하시지 않을까 걱정이 앞섰는데, 편하게 쓰실 수 있는 시간이 더 많아졌으니, 교수님을 모시고 섬진강이나 경호강으로 가 물고기 입질도 받고 사람 입질도 하는 기회가 많을 것이다. 단풍이 뜨겁게 타는 깊은 가을, 교수님과 나란히 섬진강 물가에 서서 침묵의 대화를 오래 나누고 싶다. 돌아오는 길엔 와운마을 천년송을 구경해야겠다. 지리산 단풍도 절정일 것이다.

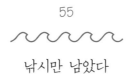

55

낚시만 남았다

"이제 젊은 시절 내가 사랑했던 거의 모든 것들이 사라졌다. 제시마저도. 하지만 여전히 난 그들과 함께 있다. 물론 이제 너무 늙어 훌륭한 낚시꾼이 될 수는 없지만 난 지금도 이 강가에서 홀로 낚시를 한다. 친구들은 하지 말라고 하지만 말이다. 이렇게 날이 저물어가는 계곡에 혼자 있을 때면 모든 존재가 내 영혼과 추억 속으로 스며든다. 빅블랙풋 강의 소리와 4박자의 리듬, 그리고 송어가 뛰어오를 거란 기대감⋯⋯ 결국 모든 것들이 하나로 합쳐진다. 흐르는 강물처럼."

낚시꾼들이 가장 사랑하는 영화 〈흐르는 강물처럼〉 엔딩 장면에 나오는 주인공 노먼 맥클레인의 독백이다. 팔순이 다 된 노조사는 강물에 몸을 담근 채 팔로마 노트 매듭을 묶으며 젊은 시절 자신이 사랑했던 목사 아버지, 자애로운 어머니, 일찍 세상을 떠난 동생 폴, 마을 축제에서 만나 결혼해 일생을 함께 산 아내 제시를 추억한다. 모두 다시는 만날 수 없는, 이제는 사라진 사람들이다.

다 사라지고 오직 낚시만 남았다. 평생의 추억이 흐르는 빅블랙풋 강에서 낚시를 할 때면 강물 소리와 바람, 물고기 입질, 후회, 상처, 사랑했던 모든 사람들의 음성과 눈빛이 하나로 합쳐져 영혼 속으로 스며든다. 아버지는 없지만 어린 시절 아버지로부터 플라이낚시를 배운 강은 여전히 흐른다. 동생은 없지만 젊은 날 그와 함께 낚시했던 강은 그때처럼 흐른다. 보수적이고 정형화된 낚시를 하는 자신과 달리 자유분방하고 창조적 방식으로 자신만의 세계를 개척한 폴이 급류에 휩쓸리면서까지 대형 무지개송어를 낚은 걸 보고 '완벽함이란 이런 것'이라며 감탄한 여름날은 수십 년 전의 추억이 되었다. 하지만 그때 세 부자父子가 걸터앉아 쉬던 물가의 바위, 머리 위로 쏟아지던 햇살, 나무에 매달려 울던 매미 소리는 지금도 변함없다.

고작 서른 중반인 내가 영화 속 노조사처럼 생애를 반추하며 낚시할 수는 없다. 살아온 날보다 살아갈 날이 더 많이 남아 있기 때문이다. 그러므로 '낚시만 남았다'고 말할 수 없다. '낚시만 남을 것이다'라고 예언할 수는 있어도.

어릴 적 하던 놀이 중 지금도 즐기는 것은 낚시뿐이다. 테니스공 동네 야구는 근사한 장비를 갖춘 사회인 야구로 발전했지만 어릴 때만큼 재밌지가 않다. 이제는 운동장에서 공도 안 차고, 연날리기도 안 하고, 숨바꼭질도 안 하고, 술래잡기도 안 하고, 눈 오는 날 눈사람도 안 만들고, 마대자루 썰매도 안 타고, 전자오락실에도 안 가고, 잠자리채로 곤충 채집도 안 한다. 오직 낚시만 한다. 낚시만 남았다.

책가방에 몰래 편지와 초콜릿 넣어주던 풋사랑은 너무 오래된 추억이다. 경기도 이천 아웃렛 매장에 가 부들부들 떨리는 손으로 점퍼 안주머니에서 돈 봉투를 꺼내 처음으로 명품 가방을 사서 선물한 그녀도 추억이 되었다. 앞으로는 아마 더 많은 순간들이, 더 많은 사람들이, 더 많은 사랑이 흐르는 강물에 떠내려갈 것이다. 내게서부터 멀리멀리 사라져갈 것이다.

오직 낚시만 남을 것이다. 사랑했던 사람들 다 사라지고, 젊음도 사라지고, 육체의 생기도 사라지고, 어떤 기억들은 아예 사라지고, 세상의 일부마저 사라져도 낚시는 남을 것이다. 많은 세월 지난 어느 날, 해 저무는 섬진강 물가에 서서 수십 년 동안 저기 그대로 있는 수중바위를 향해 나는 루어를 던질 것이다.

다 사라지고 낚시만 남을 것이다. 아버지가 멍텅구리 인치키[1] 채비에 떡밥 달아준 낚싯대로 마자, 모래무지, 붕어, 돌고기 낚아 올리던 그 낚시만 남을 것이다. 고무보트 타고 낚시 간 아버지가 오기만을 기다리며 여동생과 함께 뜰채로 물 저어 송사리 떼 건져 올리던 그 낚시만 남을 것이다. 한밤중 텐트에서 "나 배고파" 하면 엄마가 버너에 코펠 올려 끓여주던 그

—
1. いんちき, '속임수'를 뜻하는 일본어. '멍텅구리 채비'로 흔히 불린다

라면 맛만 남을 것이다. 친구들과 꺽지 매운탕 끓여 소주 마신 여름 밤하늘에 총총히 박혔던 그 별빛만 남을 것이다. 방파제 구멍치기 낚시를 하겠다고 위험한 테트라포드를 오르내리며 꽉 잡았던 당신 손의 온기만 남을 것이다.

낚시만 남을 것이다. 세상에서 가장 슬픈 문장이다.

낚시만 남을 것이다. 모든 추억들이 낚시와 함께 남을 것이다. 이것은 마음 환해지는 문장, 어디선가 강물 소리가 들리는 듯하다.

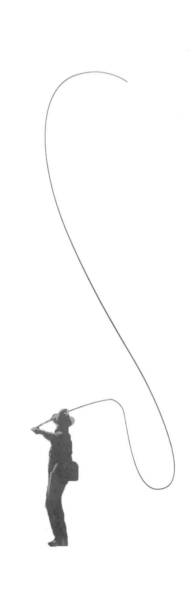

낚 ; 時

물속에서 건진 순간들

2003년 3월,
경기도 화성 덕우저수지에서
붕어 낚시에 몰두하는 모습

2007년 8월,
전남 완도
삼두리 방파제에서
씨알 굵은 붕장어를 잡고

2014년 9월,
충남 당진 대호만에서
유시민 작가와 함께
붕어 낚시를 즐기며

2015년 11월 2일,
섬진강에서 50cm 쏘가리를
물 밖으로 끌어내는 모습

2016년 2월,
노르웨이 뤼그라Lygra 해안 갯바위에서
70cm급 대구를 잡고

2016년 3월 31일,
섬진강에서
43cm 쏘가리를 잡고

2017년 5월,
충북 옥천 지수리에서
씨알 굵은 끄리들을 잡고

2017년 6월,
가거도에서
1미터가 넘는
부시리를 잡고

2017년 9월,
여수 금오도에서
무늬오징어를 잡고

2017년 11월,
부안 위도 갯바위에서
우럭을 잡고 기뻐하는 모습

2018년 1월,
제주도에서
40cm가 넘는
긴꼬리벵에돔을 잡고

1986년 어느 여름,

아버지와 엄마 그리고 나.

동생은 엄마 배 속에

낚 ; 詩
물속에서 건진 말들

초판 1쇄 발행 · 2018년 8월 8일

지은이   이병철
펴낸이   김요안
편집   강희진
디자인   김이삭

펴낸곳   북레시피
주소   서울시 마포구 신수로 59-1, 2층
전화   02-716-1228
팩스   02-6442-9684
이메일   bookrecipe2015@naver.com | esop98@hanmail.net
홈페이지 www.bookrecipe.co.kr | https://bookrecipe.modoo.at/
등록   2015년 4월 24일(제2015-000141호)
창립   2015년 9월 9일

ISBN 979-11-88140-34-3 03810

종이 · 화인페이퍼 | 인쇄 · 삼신문화사 | 후가공 · 금성LSM | 제본 · 대흥제책

이 도서의 국립중앙도서관 출판예정도서목록(CIP)은 서지정보유통지원시스템 홈페이지(http://seoji.nl.go.kr)와 국가자료공동목록시스템(http://www.nl.go.kr/kolisnet)에서 이용하실 수 있습니다. (CIP제어번호: CIP2018022437)